ELSY FORS

MEMORIAS
DOMINICANAS

EDITORIAL LETRA VIVA
CORAL GABLES, LA FLORIDA

Copyright © 2013 By *Editorial Letra Viva*
251 Valencia Avenue, #253, Coral Gables FL 33114
Cover by: Edgar Matías Sariol

ISBN: 0996107134
ISBN-13: 978-0-9961071-3-6

Printed in the United States of America

MEMORIAS DOMINICANAS

ELSY FORS

ÍNDICE

ELSY FORS

Introducción

Alerto a los lectores que se aventuran a leer esta "ópera prima", de autora desconocida para la mayoría, que mi intención ha sido ofrecerles un panorama de la República Dominicana, con las impresiones, testimonios y vivencias de esta periodista destacada allí como corresponsal de la Agencia Informativa Latinoamericana Prensa Latina entre agosto de 2010 y julio de 2012.

Este texto recoge los artículos, crónicas, comentarios e informaciones producidos por mí en ese período, los cuales reformé para hacerlos más intemporales y narrativos. Como verán por los temas desarrollados, he querido abarcar de la manera más amplia los aspectos que definen como nación a los dominicanos.

He querido resaltar en la mayoría de los capítulos la afinidad existente entre la República Dominicana y Cuba, en lo referido a sus luchas por la independencia, contra dictaduras y golpes de estado, invasiones de Estados Unidos, en la cultura, y más recientemente, el vínculo expresado en la colaboración bilateral y los procesos de integración regionales.

Desde el cacique Hatuey, quien, luego de ver la explotación a la que era sometido su pueblo por los conquistadores españoles, vino a alertar a los indígenas en Cuba de esta amenaza de extinción. Hatuey murió en el intento, condenado a la hoguera por no aceptar el dominio europeo, pero su ejemplo perdura cinco siglos después.

Pocas personas conocen que siete dominicanos lucharon junto a los cubanos por su independencia, encabezados por el Generalísimo Máximo Gómez.

Se incluyen testimonios poco divulgados, como los referidos por el autor y ex guerrillero Hamlet Hermann a esta autora, a la fuga del dictador cubano Fulgencio Batista hacia Santo Domingo y qué papel jugó el tirano Rafael Leónidas Trujillo en ese viaje sin regreso.

Trujillo dispuso aviones para el traslado de Batista, su familia y colaboradores hacia Santo Domingo y el dinero que exigió el tirano por darles refugio.

Aunque no fue objeto de esta obra, vale la pena recordar que otro dictador cubano, Gerardo Machado, también escogió a Santo Domingo en 1933 como vía de escape ante la ira popular desatada por sus asesinatos, torturas y desgobierno.

Según investigaciones realizadas por el historiador cubano Eliádes Acosta en los archivos de ambas naciones, Trujillo tuvo una red de espías en Cuba que le informaba sobre todos aquellos dominicanos o cubanos contrarios a su régimen e incluso esos sicarios llevaban a cabo asesinatos por órdenes suyas.

El investigador cubano Mario Mencía, doctor en Ciencias Históricas, escribe en una ponencia sobre la frustrada expedición de Cayo Confites, que "derrocada la tiranía de Gerardo Machado en 1933, Cuba, bajo el influjo progresista del Gobierno de los 100 días, se transformó desde entonces en recalo seguro para combatientes contra todas las dictaduras de América."

La Federación Estudiantil Universitaria, fundada por Julio Antonio Mella en 1923, había constituido el Comité Universitario Pro Democracia en República Dominicana.

Años más tarde, en el Senado de la República se integró, incluso, una Comisión de Apoyo a la República Dominicana que presidía en 1945 el combativo Eduardo Chibás.

En el epígrafe titulado "De Cayo Confites a Playa Caracoles" se recogen pasajes de la expedición organizada contra la dictadura de Trujillo y las maniobras realizadas por el sátrapa, no solo en Cuba sino también en Estados Unidos para desactivar el proyecto de Cayo Confites.

La historia quiso que los dos colaboradores más cercanos a Trujillo, Fausto Caamaño y Ludovino Fernández, engendraran dos acendrados luchadores por la libertad y la defensa de la soberanía de sus pueblos.

En el mismo año del triunfo revolucionario de 1959 en Cuba, otro contingente multinacional se organizó en Cuba para luchar contra Trujillo. Aunque frustrado tres días después de aterrizar el grupo de vanguardia, los sobrevivientes, entre ellos el cubano Delio Gómez Ochoa y el dominicano Mayobanex Vargas junto a otras personalidades opositoras del régimen trujillista, formaron el Movimiento 14 de Junio.

Luego del ajusticiamiento del tirano, el Movimiento 14 de Junio tuvo una activa participación en la des-trujillización de la sociedad dominicana, lo que permitió que en 1965, el pueblo armado de palos y piedras se pusiera a las órdenes del ejército constitucionalista liderado por Francisco Caamaño

Deñó e hiciera frente a la ocupación del país por un contingente de 42 mil marines de Estados Unidos.

Los capítulos de Política, Economía y Sociedad recogen vivencias de la autora durante su trabajo como corresponsal en la República Dominicana. Entre los que más hondo marcaron su experiencia vital está la explotación del trabajo infantil, la violencia contra las mujeres y el limbo migratorio en que vive cerca de un millón de descendientes de haitianos a los que no se les reconoce como nacidos en la República Dominicana y no se sienten parte tampoco de la patria de sus ancestros.

HISTORIA

ELSY FORS

SANTO DOMINGO, LA PRIMADA DE AMÉRICA

Sólo seis años después del descubrimiento por Cristóbal Colón, en 1498, el Nuevo Mundo tuvo su primera capital en Santo Domingo de Guzmán. El Gran Almirante primero avistó tierra en la isla que llamó San Salvador, desembarcó en el hemisferio occidental por primera vez en la costa oriental de Cuba, pero siguió camino más al sureste, hasta la isla contigua bautizada como Hispaniola o la pequeña España.

La primera Catedral erigida en el Nuevo Mundo fue la dedicada a Santa María la Menor y se encuentra en Santo Domingo, templo donde se dice se conservaron los restos de Cristóbal Colón por más de dos siglos y medio. La otra más antigua es la iglesia de Las Mercedes, en la calle del mismo nombre, en la zona colonial.

Igualmente ganó el título de Primada la Universidad Autónoma de Santo Domingo, fundada el 28 de octubre de 1538. En 1498 se fundó la ciudad de Santo Domingo de Guzmán. En el siglo XVI se generalizó el nombre de la capital a toda la isla.

Al decir de la poetisa dominicana Soledad Alvarez, hay ciudades alegres y tristes, hostiles y amables, ardorosas y frías, caóticas y apacibles, pero las razones de los hombres para vivir en ellas pueden valer más que todas las crisis.

Santo Domingo tiene todas esas facetas y muchas más. Ruinas de templos, hospitales y fortalezas en su ciudad colonial han quedado como cicatrices de los fuegos que la consumieron a manos de corsarios y piratas, como la invasión del corsario inglés Francis Drake en 1586.

De ser la colonia más pobre de España en los siglos XVII y XVIII, desarrolla su identidad nacional y gracias al Padre de la Patria, Juan Pablo Duarte, en 1844 la nación adquiere el nombre de República Dominicana en honor a la orden de los Dominicos. Parte de las murallas y puertas de la ciudad antigua, aunque deterioradas, siguen en pie como mudos testigos de las adversidades.

Como introducción en 1930 a las tres décadas más oscuras de la historia republicana, pasó por su capital que ya contaba con 50 mil habitantes, el ciclón de San Zenón. El meteoro destruyó totalmente la ciudad, dejando cuatro mil muertos y 19 mil heridos, pero con las edificaciones coloniales intactas.

La mayor parte de la población vivía en casas de madera y techos de paja o zinc que cedieron fácilmente a los vientos y penetraciones del mar, junto a la crecida de los ríos Ozama y Haina que ajustan el talle de la capital.

Cincuenta años después de la dictadura de Rafael Leónidas Trujillo, Santo Domingo es una metrópolis que descarga incesante monóxido de carbono por un sistema dispendioso de transporte que incluye autos, yipetas (que viene de Jeep), camionetas, ómnibus, minibuses "voladoras" y moto conchos o motociclistas temerarios, como los taxis privados con las señas visibles de muchos combates.

El malecón o avenida George Washington ofrece

un agradable cambio de brisa, mar y sombra al bochorno caldeado de la ciudad. Fuera de las avenidas centrales, todavía hay mucho barrio desamparado, deficiente recogida de basura que mezcla el olor de desechos junto con el aroma de frutas, flores y frituras.

Después de pasear El Conde, bulevar de tiendas, que desemboca en la plaza de la catedral, es preciso reposar en los cafés al aire libre, donde se degusta la aromática infusión dominicana, que puede aventajar a la que se toma en Roma, Madrid, La Habana u otras capitales cafeteras del mundo.

La cerveza Presidente, el ron y el circo de las elecciones son disfrutadas aquí tanto como el béisbol, pasión nacional. El humor criollo se regodea en sus incidencias.

Santo Domingo es, en fin, un hervidero urbano con casi cuatro millones de personas, la mitad de esta cifra procedente de provincias aledañas y el resto del país, así como de turistas, de los cuales recibe República Dominicana unos cuatro millones anualmente.

La azarosa historia del Faro a Colón

Parecería que una maldición persigue al emblemático monumento de Santo Domingo dedicado a la memoria del Almirante genovés, Cristóbal Colón.

El reciente robo de un arcabuz de su vitrina de exposición en el museo ubicado en el Faro a Colón, desempolvó el azaroso camino recorrido entre la idea y la realización del proyecto de monumento en homenaje al Gran Navegante.

Los ladrones, que aún no han sido identificados por la policía, sustrajeron esta arma de fuego considerada patrimonio de la humanidad y valorada en más de 105 mil 263 dólares, que acompañó al descubridor de América y los españoles que vinieron con él en 1492.

Los empleados del museo no estaban sorprendidos del hurto porque desde su inauguración, el lugar no cuenta con cámaras de seguridad, sistema de alarma ni suficientes guardianes.

Explicaron que este tipo de arma fue utilizada por la infantería europea de los siglos 15 al 17. El objeto robado se exhibía en la sala de Japón del Museo de las Américas y Tumba Mausoleo del Almirante Cristóbal Colón.

El museo cuenta con 48 salas donde se exhiben objetos de gran valor cultural e histórico pertenecientes a igual número de países.

Transcurrieron 134 años desde que surgió por primera vez la idea del monumento a Colón en la obra del historiador dominicano Antonio Delmonte y Tejada, en su libro Historia de Santo Domingo, publicado en La Habana en 1852.

Un concurso realizado para escoger el mejor proyecto de dicho monumento fue ganado por el arquitecto J.L. Gleave entre 455 participantes de 48 países. El faro que corona la edificación es en sí mismo único, integrado por 251 focos que alumbran de forma vertical al cielo y una luminaria que da la vuelta en 360 grados.

Sólo en 1986 se comenzó la construcción bajo la supervisión del arquitecto dominicano, Teófilo Carbonell, y fue inaugurado justo a tiempo para conmemorar el encuentro de dos culturas –choque violento, por cierto- al cumplirse 500 años del descubrimiento de América.

Entre 1852 y 1992, sin embargo, el proyecto dio muchas vueltas, dando vida en 1937, a una empresa conjunta cubano-dominicana, integrada por tres aviones cubanos y uno más potente de República Dominicana, conocida como Vuelo Panamericano pro Faro a Colón.

En el Aeródromo de Miraflores, República Dominicana, el 12 de noviembre de 1937, cuatro aviones iniciaron un periplo que pretendía abarcar 26 países latinoamericanos y caribeños en el supremo intento de recaudar fondos y unir las voluntades de los gobiernos en aras de levantar un faro monumental en memoria del insigne navegante.

El mismo día 12, llegan a Puerto Rico; luego vuelan a Venezuela, Trinidad, Guayana Holandesa (hoy Surinam), Brasil, Uruguay y Argentina. De

Buenos Aires cruzan los Andes rumbo a Chile. Después vendría Bolivia, y luego Perú.

De ahí van al Ecuador; llegan el 26 de diciembre a Colombia, y viajan hasta Bogotá para regresar el día 28. Ese día ponen rumbo a Panamá, siguiendo el curso del río Cali que tenía peligrosos farallones. El peso de las aeronaves cubanas les impidió alcanzar mayor altura y solo el avión dominicano, más potente, pudo aterrizar en Panamá, donde conoció de la tragedia de sus compañeros.

Al cumplirse en 2012, 75 años de la hazaña panamericana, historiadores y amantes de la aviación latinoamericana conmemoraron en Cuba el hecho que sería recordado en los países que recibieron a los valientes pilotos para que contribuyera a una más estrecha cooperación regional.

FRAY MONTESINOS,
PRIMER GRITO DE IDENTIDAD

Reclamos hechos por el fraile dominico Antonio Montesinos hace 500 años, siguen vigentes y no solo en República Dominicana, sino dondequiera que se enfrente la injusticia.

El gran intelectual dominicano Pedro Henríquez Ureña dijo de ese ardiente discurso que fue "uno de los más grandes acontecimientos en la historia espiritual de la humanidad."

El prior entonces de la comunidad de dominicos, Pedro de Córdoba, pidió a la Orden de predicadores de aquella agrupación que prepararan un sermón para pronunciarlo en el servicio del último domingo antes de la Navidad, que fue el 21 de diciembre. Un testimonio legado por Fray Bartolomé de las Casas, misionero en La Hispaniola, cuenta que Pedro de Córdoba escogió entre sus pupilos a Fray Antonio Montesinos como mejor orador.

La pieza fue la primera defensa de los derechos de los pueblos originarios de América, criticaba la vil conducta de los colonos hacia los indios, que habían sido confiados al cuidado de los españoles como pupilos y no como siervos.

La voz de Montesinos fue la más áspera y dura que jamás pensaron oír, porque todos, les dijo, "estáis en pecado mortal por la crueldad y tiranía con que tratáis a estas inocentes gentes". Los increpó:"con qué derecho y qué justicia los tienen en tan horrible servidumbre a esos indios. ¿Con qué autoridad libraron tan detestables guerras contra esta gente?".

Montesinos condenó la opresión contra los indios, que los tenían fatigados, sin darles de comer ni curar sus enfermedades por los excesivos trabajos a que eran sometidos. Los matáis por sacar y adquirir oro cada día, espetó el dominico. Les recordó que su religión los obligaba a amar al prójimo como a ellos mismos. En esta idea se incluye el fundamento de los derechos humanos y la libertad de las naciones modernas.

Las palabras de ese sermón tuvieron efectos para toda la humanidad y aún hoy son fuente de inspiración en favor de la justicia y la paz. La estatua de piedra de Montesinos mira al mar Caribe y extiende su mano a modo de altavoz para recordar a todos los gobiernos presentes y futuros que su primer compromiso es darles una vida digna a los pueblos que confiaron en ellos para que los guiaran.

Libertadores e Independencia

El proceso de independencia dominicano, quizás único en el ámbito del Caribe, estuvo obstaculizado por ocupaciones y anexiones alternativas de España y Francia, con cierta complicidad de la monarquía inglesa, y al final del siglo XIX, de Estados Unidos.

La historia dominicana tuvo la particularidad de haber tenido dos declaraciones de independencia y la esclavitud abolida también en dos ocasiones.

Pedro Henríquez Ureña, gran pensador y prócer dominicano, dijo en carta a Federico García Godoy, novelista, crítico literario e historiador nacido en Santiago de Cuba y naturalizado dominicano, que para él la idea de la independencia germinó en Santo Domingo desde principios del siglo XIX, pero no se hizo clara y perfecta para el pueblo hasta 1873.

La primera independencia liderada por José Núñez de Cáceres, no estuvo claramente concebida, pero fue independencia al fin. La de 1844, contra la ocupación haitiana con apoyo francés, fue consciente y definida en los fundadores, pero no para todo el pueblo, ni aún para cierto grupo de gente era justo liberarse de los haitianos, aunque sí se comprendía que el país debía ser absolutamente independiente.

Lo que antes se viera como posible, la anexión a España o a Estados Unidos, fracasó porque la idea de la independencia había madurado y derrocó definitivamente a todo proyecto de anexión a país extranjero.

El proceso que duró 53 años, según Henríquez Ureña, cogió fuerza cuando el joven de 26 años, Juan Pablo Duarte, se pronunció desde 1838 como dominicano independiente bajo los conceptos de Patria, libertad y honor nacional, proscritos entonces y reivindicados con la creación de la sociedad secreta Santísima Trinidad, que tenía un formato cerrado como el de los masones: que proclamaron la independencia de Santo Domingo de todo país extranjero, el 27 de febrero de 1844. Según Henríquez Ureña, fue la obra más hondamente pensada y heroicamente realizada.

ANTECEDENTES NECESARIOS

Con la conquista del continente americano, *La Española* decayó rápidamente. La mayoría de los colonos españoles abandonaron la isla por las minas de plata de México y Perú. La agricultura disminuyó, las importaciones de nuevos esclavos cesó, y los colonos blancos, negros libres y esclavos por igual vivían en la pobreza.

Los bucaneros ingleses y franceses se aprovecharon de la retirada de *España* en una esquina de *La Española.* Francia estableció un control directo en 1640, reorganizándola como una colonia oficial y ampliando la costa norte de la isla, cuyo extremo oeste España se lo cedió a Francia en 1697 bajo el Tratado de Ryswick.

La Casa de Borbón sustituyó a la Casa de Habsburgo en *España* en 1700 e introdujo reformas económicas que poco a poco comenzaron a reactivar el comercio en *Santo Domingo*. El contrabando y la ganadería proveyeron de algunos medios a los habitantes y en pocos años, la población de Santo Domingo había pasado de seis mil habitantes en 1737 y a 125 mil en 1790. De ellos, 10 mil eran terratenientes blancos, 15 mil eran hombres libres negros y mestizos y unos 60 mil eran esclavos.

Vino después una emigración canaria que se asentó en el Valle del Cibao para cultivar tabaco. También la trata de esclavos fue renovada, pero Santo Domingo seguía siendo pobre y abandonada, en contraste con la parte occidental de la isla, bajo dominio francés, que se convirtió en la más rica del Caribe y con cuatro veces la población del Santo Domingo español.

Con el estallido de la revolución haitiana en 1791, las familias ricas urbanas vinculadas a la burocracia colonial, huyeron de la isla, mientras que la mayoría de los hateros rurales (ganaderos) se mantuvieron, a pesar de que perdieron su principal mercado.

España vio la oportunidad de apoderarse del tercio occidental de la isla, en una alianza con los ingleses y los esclavos rebeldes.

Pero después que los franceses y los esclavos se reconciliaron, los españoles fueron derrotados por las tropas del general jacobino Toussaint Louverture en 1801.

Los historiadores citan al héroe negro, quien dijo que: "la isla es una e indivisible."

Más adelante, Napoleón envió un ejército que sometió toda la isla y la gobernó durante unos meses.

Mulatos y negros de nuevo se levantaron en contra de estos franceses en octubre de 1802 y finalmente los derrotaron en noviembre de 1803. El 1 de enero de 1804 los vencedores declararon a *Saint-Domingue* como la república independiente de Haití.

Las grandes familias ganaderas como la del futuro terrateniente y primer presidente dominicano Pedro Santana llegaron a ser los líderes en el sureste, la ley del "machete" gobernó por un tiempo. El ex gobernador y teniente José Núñez de Cáceres declaró la independencia de la colonia como el estado del Haití Español el 1 de diciembre de 1821, solicitando la admisión a la República de la Gran Colombia, pero las fuerzas de Haití dirigidas por Jean-Pierre Boyer ocuparon el país nueve semanas más tarde.

La ocupación haitiana de veintidós (1822-1844) se recuerda por los dominicanos como un período de régimen militar brutal, aunque la realidad es más compleja. A los dominicanos se les reforzó la percepción de sí mismos como diferentes de los haitianos en "idioma, raza, religión y costumbres nacionales". Sin embargo, este fue también un período que terminó definitivamente con la esclavitud como una institución en la parte oriental de la isla.

Los franceses ocuparon la parte oriental de la isla, hasta que fueron derrotados por los habitantes españoles en la Batalla de Palo Hincado, el 7 de noviembre de 1808 y la capitulación definitiva del asediado Santo Domingo el 9 de julio de 1809, la obtuvieron los españoles con la ayuda de la Marina Real Británica.

El 8 de noviembre de 1821, Andrés Amarante encabeza en Beler un movimiento de independentista y es proclamada la anexión de Santo Domingo a la República de Haití, una semana más tarde (15 de nov.), acción que se repetiría en Montecristi. Estos hechos alarmaron a un grupo que planeaba la anexión a Colombia, encabezado por José Núñez de Cáceres, que decidió tomar la plaza militar de Santo Domingo y retener a don Pascual Real, gobernador español de la colonia.

El 1 de diciembre de 1821, fue declarada en Santo Domingo la independencia del Haití español del Reino de España, con la idea de unirse al proyecto de la Gran Colombia de Simón Bolívar, plan apoyado por la aristocracia colonial blanca criolla española, mas no así por la mayoría afrodescendiente, que se sintió ignorada en sus peticiones de tener las mismas oportunidades y derechos que la población blanca.

Esta discriminación, unida a los malos tratos y la esclavitud, hizo que los afrodescendientes prefirieran la unión con Haití.

En Haití se veía la unificación de la isla como una forma de consolidar su independencia, que no era reconocida ni por Francia ni por España a la vez que se cumplía con el artículo 40 de la Constitución de Haití, que daba por límites territoriales de dicho estado, toda la extensión de la Isla y las islas adyacentes.

El 13 de diciembre de 1821, el pabellón haitiano fue enarbolado por la población de Puerto Plata, acción seguida dos días después por la población local de Dajabón; más tarde en Santiago se proclama la anexión a Haití y así posteriormente en La Vega, Azua, Cotuí, San Juan, Samaná, Neyba, Bánica,

San Rafael, San Miguel, Hincha y otros pueblos.

La falta de apoyo al proceso independentista en el interior del país, hizo que el 19 de enero de 1822, José Núñez de Cáceres, quien ejercía la presidencia del nuevo Estado, le comunicara a Jean-Pierre Boyer que su gobierno se colocaba al amparo de las leyes de la República de Haití.

El 9 de febrero se abolió la esclavitud en las zonas recién anexadas.

Días más tarde, Boyer dividió a la isla en seis departamentos y designó a los gobernadores. A la población blanca de la parte oriental de la isla se le negó el derecho a la ciudadanía y les fueron confiscadas grandes porciones de sus propiedades, lo que aumentó su inconformidad con el nuevo gobierno.

La mayoría de los blancos emigró a las colonias españolas de Cuba y Puerto Rico, así como para la independiente Gran Colombia, por lo general con el apoyo de funcionarios haitianos, quienes adquirieron sus tierras.

Los haitianos asociaban a la Iglesia Católica con los amos franceses que los habían explotado, confiscaron todos los bienes de la iglesia, todos los clérigos extranjeros fueron deportados, y se cortaron los lazos con la clerecía restante en el Vaticano.

Fue en la ciudad de *Santo Domingo* que los efectos de la ocupación se sintieron con más fuerza, y fue allí que el movimiento por la independencia tuvo su origen.

En 1838, Juan Pablo Duarte fundó una sociedad secreta llamada La Trinitaria para socavar el yugo haitiano que junto a sus posteriores compañeros

Matías Ramón Mella y Francisco del Rosario Sánchez lograran independizar la parte oriental de la isla. En 1843, se aliaron con un movimiento haitiano para derrocar a Boyer.

Debido a los pensamientos revolucionarios de los Trinitarios y su lucha por la independencia dominicana, el nuevo presidente de Haití, Charles Riviere-Hérard, exilió y encarceló a los principales miembros de la organización. En una oportuna insurrección, el 27 de febrero de 1844, los Trinitarios declararon la independencia de Haití, con el apoyo de Pedro Santana, un rico ganadero de El Seibo, quien comandó un ejército privado de peones que trabajaban en sus tierras.

La primera constitución de la República Dominicana fue aprobada el 6 de noviembre de 1844. Se incluyó una forma de gobierno presidencial con muchas tendencias liberales, pero se vio empañada por el artículo 210, impuesta por la fuerza por Pedro Santana en la Asamblea Constituyente, dándole los privilegios de una dictadura hasta que la guerra de independencia terminara.

Estos privilegios no sólo le sirvieron para ganar la guerra, sino también le permitió perseguir, ejecutar y conducir al exilio a sus opositores políticos, entre los que se encontró Juan Pablo Duarte.

Durante la primera década de independencia, Haití intentó varias invasiones para reconquistar la parte oriental de la isla: en 1844, 1845, 1849, 1853 y 1855-1856. Aunque cada una fue malograda, Santana siempre utilizaba la amenaza de la invasión haitiana como una justificación para la consolidación de sus poderes dictatoriales. Para la élite dominicana -en su mayoría propietarios de tierras, comerciantes y sacerdotes- la amenaza de la reconquista por el más poblado Haití fue suficiente para buscar la anexión a un poder exterior.

Ofreciendo las aguas profundas del puerto de la bahía de Samaná como anzuelo, en las próximas dos décadas, las negociaciones se hicieron con Gran Bretaña, Francia, Estados Unidos y España para declarar un protectorado sobre el país

Sin embargo, la oposición popular lo obligó a abdicar, lo que permitió que Buenaventura *Báez* tomara el poder. Con el tesoro nacional agotado, *Báez* imprimió 18 millones de pesos para la compra de la cosecha de tabaco de 1857, pero con su exportación por dinero en efectivo, solo se beneficiaron él y sus seguidores.

Ese escándalo permitió el regreso de Santana, quien en marzo de 1861, anexó oficialmente la República Dominicana a España.

El 16 de agosto de 1863, un nuevo grupo bajo el liderazgo de Gregorio Luperón y Santiago Rodríguez hizo una audaz incursión en territorio dominicano, por la frontera norte dominico-haitiana y levantaron la bandera dominicana en el cerro de Capotillo. Esta acción, conocida como el *Grito de Capotillo*, fue el comienzo de la guerra llamada de Restauración contra España, que había recolonizado el país 17 años después de su independencia. El conflicto terminó con la victoria dominicana y la retirada definitiva de las fuerzas españolas del país.

MÁXIMO GÓMEZ,
ESE ILUSTRE DESCONOCIDO

Muchos libros se han escrito sobre la vida y obra de Máximo Gómez, y sin embargo, en su país natal es todavía un héroe desconocido, opina Mercedes Alonso, autora de *El Viejo Mambí*, cuya reedición fue presentada en Santo Domingo en 2011.

Máximo Gómez nace en el poblado de Baní, provincia de Peravia , a 84 kilómetros al oeste de Santo Domingo, capital de la República Dominicana, el 18 de noviembre de 1836 y muere en La Habana, el 17 de junio de 1905.

Luego de luchar junto a las fuerzas españolas contra la ocupación haitiana, el 1 de mayo de 1865 se firma en la capital dominicana el acuerdo de El Carmelo, el día 3 se expide en Madrid el decreto de las Cortes mediante el cual cesa la anexión de Santo Domingo a España a un costo de 20 millones de pesos y 20 mil bajas españolas.

A raíz de estos eventos, son evacuadas de República Dominicana las últimas fuerzas españolas y con ellas gran cantidad de oficiales de Reserva, entre los que se encontraba Máximo Gómez, quien llega a Cuba a bordo del vapor Pizzarro, en compañía de sus familiares.

El Viejo Mambí, obra de la periodista y directora del diario digital Dominicanos Hoy fue publicada por primera vez en 2005 y distribuida en Cuba con motivo del centenario de la muerte del Generalísimo Máximo Gómez, que ocurrió en condiciones de pobreza por no aceptar las migajas de la ocupación norteamericana primero y del primer gobierno republicano después.

Esta reedición, presentada el 21 de julio de 2011, explica la autora en entrevista de prensa, está dirigida al público dominicano, a fin de que se conozca más la obra de este hombre excepcional que además de gran guerrero, tenía fundamentos éticos y principios morales reconocidos por sus contemporáneos y los estudiosos de su vida hasta la actualidad.

En siete capítulos, el libro trata de ofrecer una mirada desde las meditaciones que hacía el Generalísimo, en una mezcla de ficción que no violenta los testimonios de descendientes de Gómez y los documentos consultados, dice Mercedes introduciéndonos en su obra.

Mercedes Alonso dice ser fiel a los hechos históricos de la que Gómez, con gran humildad, llamó la Guerra de Martí. Un hecho definitorio para su obra, dice, fue la entrevista con el profesor Juan Bosch sobre su libro El Napoleón de las Guerrillas.

Bosch decía de Máximo Gómez que, a diferencia de Napoleón, finalmente derrotado en Waterloo, Gómez jamás fue vencido.

El libro de Mercedes Alonso enriquece a los lectores con la dimensión humana de Máximo Gómez, porque muchos no imaginan que la rectitud de este jefe militar ante el enemigo se le viera con lágrimas en los ojos ante la lectura de un poema o su sensibilidad con los niños.

Un hecho que le impactó, dice la autora, durante

la investigación de la obra fue constatar la amplia cobertura en la prensa de la época a las hazañas de Gómez.

La Revista de Bruselas, por ejemplo, calificó la invasión de oriente a occidente de Máximo Gómez en Cuba como la campaña militar más audaz del siglo XIX.

Alonso visitó, en el proceso de escribir este libro, los lugares de Dominicana donde se reunieron y recorrieron juntos Gómez y Martí, como Guayubín, La Reforma y Montecristi.

DOMINICANOS EN LA GUERRA DE INDEPENDENCIA

Siete dominicanos, encabezados por el Generalísimo Máximo Gómez y los hermanos Marcano, participaron en la Guerra por la Independencia de Cuba (1868-1898). Gómez y Modesto Díaz habían sido altos oficiales en la guerra contra la ocupación haitiana del entonces Santo Domingo.

Gómez dedicó la mayor parte de su vida a su "querida y sufrida Cuba". Su brillante estrategia militar y su estilo de mando, célebre por su severidad, le posibilitaron llevar a cabo campañas (la Invasión y posteriores batallas) sin precedentes históricos por la disparidad de sus fuerzas tanto en hombres (de 35.000 a 40.000 mambises contra más de un cuarto de millón de españoles).

Un año después de su llegada a Cuba y ya dado de baja del ejército español, en 1866, Gómez se establece en el Ingenio Guanarrubi, El Dátil, jurisdicción de Bayamo, donde se dedica a las tareas agrícolas y venta de madera. En enero de 1867 su amigo José Vázquez lo acerca a la conspiración por la independencia de Cuba y se integra al grupo de El Dátil, liderado por Eduardo Bertot Miniet.

En 1868, Carlos Manuel de Céspedes se alza contra la dominación española, en su ingenio La Demajagua, da la libertad a sus esclavos, dando comienzo a la Guerra de Independencia.y Gómez se entrega a la lucha con todo fervor.

La posición de Máximo Gómez ante el Pacto del Zanjón en 1871 y su rechazo a asumir la presidencia de la nueva república mediatizada en 1902 dan la medida, según el historiador cubano, Yoel Cordoví, de la estatura ética del Generalísimo, que lo hizo renunciar al vellocino de oro por mantener la honestidad que siempre lo caracterizó.

REPÚBLICA DOMINICANA EN JOSÉ MARTÍ

La República Dominicana estuvo muy presente en el corazón de José Martí, Héroe Nacional de Cuba, sentimiento que sobresale en su epistolario y los diarios de Campaña de Martí y también en el del General Máximo Gómez.

Aunque fue breve su estadía en el país y con fines proselitistas de independencia, los viajes que realizó en 1892, 1893 y 1895, identificaron a Martí con esta tierra cercana a su isla en geografía, cultura y ansias de independencia.

Recibió el apoyo de importantes intelectuales, hombres de negocios y políticos dominicanos, entre ellos el presidente Ulises Heureaux, conocido como Lilís.

La capital dominicana lo acogió sólo dos días, septiembre 18 y 19 de 1892. A pesar de la brevedad del tiempo, Martí pudo visitar sitios históricos y fue recibido en la Sociedad de Amigos del País, donde pronunció palabras que electrizaron a la concurrencia, como expresara el escritor dominicano, Max (H) Enríquez Ureña.

Durante su estancia en Santo Domingo, el organizador de la última etapa de la gesta independentista cubana, se alojó en la llamada Casa de San Pedro, en el número 155 de la calle Las Mercedes, entre Hostos y Duarte.

El edificio, ahora casi en ruinas, muestra una tarja indicativa de su presencia en 1892 y espera mejores días con una inversión prevista para hacer del lugar un hotel con capacidad para 100 huéspedes.

En ese primer viaje, Martí se traslada el 21 a Montecristi, ciudad costera del noroeste dominicano, donde se entrevistó con el General Máximo Gómez, veterano de la Guerra de 1868 a 1878, animándolo a aceptar ser jefe de las tropas independentistas cubanas en la contienda que ya preparaba.

Interpelado sobre su salud, visiblemente deteriorada, Martí apuntó: "Yo no conozco más muerte que una, y es la de perder la fe en mis compatriotas, y de eso, sé que no he de morir."

El doctor cubano residente en Dominicana, Francisco González Colarte, dijo sobre ese tema que Martí era un hombre que batallaba con olvido absoluto de sí, un hombre superior a su salud, que miraba su reloj para adelantar tiempo a su lucha.

Meses más tarde, en mayo de 1893, Martí escribió a Máximo Gómez : "...No puede tener idea de mi vida (...) La fuerza entera he gastado en poner a nuestra gente junta, en trocarles las intrigas al gobierno español. Usted y su casa han vivido conmigo. Ya me verá, ahora que voy hecho un cadáver."

Eugenio Deschamps, otro dominicano ilustre, narró que Martí había contado lo siguiente sobre su estancia en Santo Domingo en 1892:

"Cuando entré a caballo a la capital de usted, no hace dos años, en un peñón de las Antillas, donde nos juntó por unas horas la suerte, me saludó Manuel de Jesús Galván, su compatriota, con esta extraña exclamación.: ¡He aquí lo que faltó a la América hasta ahora, el pensamiento a caballo!

El 3 de junio de 1893, el Apóstol se entrevista nuevamente con el General Máximo Gómez en Montecristi, pero no es hasta febrero de 1895 que ambos ajustan los últimos detalles del alzamiento ya ordenado por Martí a Juan Gualberto Gómez, delegado del Partido Revolucionario Cubano, para el 24 de febrero de 1895.

No sería hasta el 25 de marzo que José Martí, como delegado del Partido Revolucionario Cubano y Máximo Gómez, General en Jefe de la contienda, suscriben el Manifiesto de Montecristi, documento programático de la Guerra del ´95.

Antes de salir hacia Cuba, el 1º de abril de 1895, el Maestro redacta sus testamentos político a Federico Henríquez y Carvajal y literario, dirigido a Gonzalo de Quesada y Aróstegui.

Hermosas páginas mostraron los fuertes lazos que unieron al Apóstol y autor intelectual de la independencia con la indómita Quisqueya, cinco de cuyos generales en el siglo XIX y muchos de sus mejores hijos contribuyeron a la gesta libertadora cubana que triunfó en 1959.

Trujillo creó el peso dominicano y se robó millones

La creación del peso dominicano y del Banco Central de República Dominicana en 1947 por el tirano Rafael Leónidas Trujillo solo fue el principio del mayor fraude financiero en la historia del país.

El historiador y sociólogo Franklin Franco Pichardo afirma que Trujillo empezó a acariciar la estafa al término de la Segunda Guerra Mundial, en el influjo de los acuerdos de Bretton Woods de 1944 que consolidaron la supremacía del dólar.

En un memorando confidencial de la embajada de Estados Unidos en Santo Domingo de fecha 2 de junio de 1945, se manifiesta el interés del gobierno dominicano en la contratación de un experto en asuntos monetarios.

Además de los dos economistas de la Reserva Federal que envió Washington a Santo Domingo, Trujillo contrató al argentino Raúl Prebisch quien fue de los artífices del sistema monetario dominicano y asesor en materia de política de sustitución de importaciones.

Desde la primera intervención de Estados Unidos en Dominicana de 1916 a 1924, el dólar se impuso como moneda circulante del país.

Desde mucho antes, señala Franco, existía una pequeña proporción de moneda metálica de reducido valor, una parte acuñada a finales del siglo XIX y sustituida en 1937 por otra también metálica que alcanzó casi millón y medio de pesos.

Los asesores contratados coincidieron que República Dominicana tenía una economía saludable y podía simplemente cambiar la moneda circulante por una moneda nacional.

La creciente liquidez monetaria experimentada por el país a causa de la guerra con el alza de precios de los principales productos de exportación: azúcar, café y cacao no solo crearía una reserva para garantizar la emisión de la nueva moneda sino incluso para pagar la deuda externa.

Según el libro de Bernardo Vega, Estados Unidos y Trujillo (1982), de la creación de la nueva moneda podría salir un excedente de entre siete y ocho millones de dólares para la liquidación de la deuda externa.

Pero en una hábil operación y momentos antes de crear el Banco Central dominicano, pagó la totalidad de la deuda a los tenedores de bonos norteamericanos, ascendente a poco más de nueve millones de dólares.

Es decir, la deuda externa fue pagada utilizando los recursos en depósitos del sector privado nacional.

Según Trujillo, los bancos establecidos en el país tenían un balance en Nueva York al cierre de junio de 1945, de 29.2 millones de dólares y una cifra adicional de 19.0 millones que daban un total de 48.2 millones.

De acuerdo con Jesús María Troncoso Sánchez, alto funcionario del gobierno de Trujillo al informarle sobre las negociaciones en Washington, Troncoso dijo que solo los balances en dólares de los tres bancos que operaban en Santo Domingo ascendían a 42.9 millones, lo que arroja una diferencia de 5.3 millones de dólares.

Sin embargo, Franklin Franco no cree que ese fuera el monto total de la estafa.

La revista de la Secretaría de Finanzas señaló en 1955 que al momento de la creación del Banco Central en 1947 el acervo total en dólares circulantes más los depósitos en los bancos ascendía a 60 millones de dólares.

La diferencia entre la cifra dada por Trujillo y la brindada por Ambrosio Alvarez en la revista de la Secretaría de Finanzas en 1955, eleva el fraude a 11.8 millones.

Otro dato referido en 1951 por el Boletín del Banco Central en el cuadro sobre el medio circulante, de enero a diciembre de 1947 se informa que el total circulante ascendía a 47.7 millones de dólares.

El peso dominicano emitido según la ley, tenía igual valor al dólar estadounidense e idéntica representación en oro, cuando el billete verde todavía tenía respaldo en oro.

Muchos de los documentos por los que se podría saber exactamente la cifra estafada, fueron destruidos después del ajusticiamiento del tirano en mayo de 1961.

No obstante, registros del Banco Central apenas dos meses después de creado, muestran ya como parte de la deuda interna, la compra de empresas que formaron parte de las actividades comerciales e industriales personales de Trujillo.

Al momento de su muerte, en 1961, de todos los capitales invertidos en la industria nacional, 306 millones de dólares, el dictador era propietario del

51 por ciento de esa cifra.

El siete por ciento de esa cantidad era de la inci-
piente burguesía nacional y el 42 por ciento se encontraba en manos de inversionistas extranjeros.

BATISTA Y TRUJILLO:
DIFERENCIAS ENTRE IGUALES

La mayoría de cubanos y dominicanos conocen o leyeron que Fulgencio Batista y Rafael Leónidas Trujillo fueron verdugos de sus pueblos, pero muy pocos conocen acerca de sus desavenencias y envidias mutuas.

Trujillo, ajusticiado el 30 de mayo de 1961 por un grupo de patriotas, entre los que había miembros de su círculo más cercano de colaboradores, tuvo cuentas pendientes desde 16 años antes con Batista, cuando se preparó en Cuba la expedición de Cayo Confites en 1947, abortada por presiones del propio Trujillo y de Estados Unidos..

El dictador dominicano se tomó el plan muy en serio, detrás del cual sospechó que estaba la mano de Batista, quien había tenido protagonismo en un movimiento sedicioso entre oficiales del ejército después de la caída del dictador Gerardo Machado en 1933.

Batista tomaría el poder con el golpe de estado del 10 de marzo de 1952, que derrocó al entonces presidente Carlos Prío Socarrás, del Partido Revolucionario Cubano, conocido como Auténtico, adelantándose cuatro meses a las elecciones convocadas para ese año.

En esos comicios se veía venir con mucha fuerza el Partido Ortodoxo, que nucleaba a las fuerzas más progresistas de entonces con Eduardo Chibás al frente.

La dictadura de Batista, que dejó 20 mil muertos en seis años de gobierno, se desgastó ante el avance de las tropas rebeldes lideradas por Fidel Castro y llegó el momento que también perdió el apoyo de su aliado más poderoso, el gobierno de Estados Unidos.

Dos años antes del atentado a Trujillo realizado por un grupo de patriotas cuyo objetivo era devolver la libertad al pueblo y la esperanza de una vida mejor, el primero de enero de 1959, aterrizó en Santo Domingo un vuelo militar procedente de La Habana, que llevaba en su interior a un deprimido y asustado dictador cubano, Fulgencio Batista, acompañado de familiares y acólitos.

FIN DE UNA ÉPOCA Y ALBORADA DE OTRA

En un relato inédito al que tuvo acceso la autora, el Capitán Piloto Retirado de la Fuerza Aérea Dominicana, Ricardo Antonio Bodden López recuerda detalles de la huida del tirano cubano ante el empuje victorioso de los rebeldes liderados por el Comandante Fidel Castro Ruz.

Bodden López, teniente piloto en la base aérea de San Isidro, Escuadrón de Caza Bombarderos, ese fin de año de 1958 fue designado por el Comandante del Escuadrón Mayor Piloto Pedro Santiago Rodríguez Echavarría, para una misión muy reservada.

Le dijeron que había que hacer un viaje, no le dijeron a dónde y después que entrara de servicio el sábado 31 no se podía despegar del teléfono, esperando una llamada del jefe del Estado Mayor de la FAD, General Fernando Sánchez (Tunti).

El vuelo debía llevar a Cuba al embajador dominicano en esa isla, Porfirio Rubirosa, los agregados aéreo, naval y militar de este país en La Habana y al coronel Ferrer López Guzmán, de quien Bodden nunca supo su cargo diplomático.

También iba de pasajero un ciudadano chino, técnico en explosivos y demoliciones, y el Coronel Ferrer López G., quien estaba asignado a la fábrica de armas en San Cristóbal.

El DC-4, piloteado por Rodríguez Echavarría, despegó poco después de las ocho de la mañana con rumbo a La Habana.

Antes del mediodía, llamó a Bodden el jefe del Estado Mayor, General Sánchez y le ordenó que tan pronto tuviera noticias del vuelo a Cuba lo llamara a un teléfono donde le contestaría él personalmente.

Pasadas las 7:00 pm, el oficial en la torre de control llamó a Bodden y le informó que en 40 minutos estaría aterrizando el DC-4 del mayor Rodríguez Echavarría.

El general Sánchez le ordenó entonces ir solo a buscar al piloto al avión y traerlo de inmediato, sin escala previa en casa del mayor Rodríguez, porque lo estaría esperando.

El hecho que viniera un solo pasajero, Candito Torres, oficial de la Marina de Guerra, adscrito al Servicio de Inteligencia Militar, le hizo pensar a quien atestigua que el asunto era una "papa caliente".

A las 10 de la noche, a Bodden le ordenan ir personalmente a la Torre de Control y comunicar que un avión de la Fuerza Aérea Cubana se dirigía a Dominicana y que tenía permiso de la superioridad (Rafael Leónidas Trujillo).

El general le indicó a Bodden que tan pronto tuvieran contacto en la radio de la hora aproximada de aterrizaje, le avisaran inmediatamente a su casa, "y usted le avisa a Chaguito (Mayor Rodríguez Echavarria) y lo va a buscar a su casa."

A las 12:00, Bodden buscó al Sargento Cáceres, su relevo, lo instruyó acerca de las órdenes establecidas por la Jefatura y se durmió inmediatamente.

Cuando se despertó antes de las seis de la mañana, miró por la ventana hacia la línea de vuelo y se sorprendió al ver un avión C-46 con la bandera cubana taxeando por la pista, hacia los hangares.

El mayor Rodríguez tranquilizó a Bodden diciéndole que él había ordenado que no lo despertaran y se ocupó personalmente de impartir las órdenes correspondientes.

Hay acuartelamiento, le dijo el jefe del Escuadrón y le informó que Fulgencio Batista, presidente cubano hasta ese día, llegó con todo su gobierno, se asiló aquí, pero que cuando llamara a los pilotos para que se reportaran a la base porque había acuartelamiento y que no les dijera el verdadero motivo.

Ese primero de enero, en la madrugada, aterrizaron en la base aérea de San Isidro seis aviones, un DC-4 donde vino el presidente fugitivo, Fulgencio Batista, familiares y parte de su Gabinete, cuatro C-46 y un DC-3, donde vinieron los jefes militares.

Los recién llegados todos fueron alojados en el Hotel Jaragua, por órdenes de Trujillo.

Años después, Bodden luchó junto al ejército constitucionalista contra la invasión de Estados Unidos en 1965.

Siendo piloto de Aerovías Quisqueyanas, donde

Santiago Rodríguez era vice Presidente, jefe de operaciones y jefe de pilotos, en varios vuelos, le hizo saber que quería conocer los detalles de ese vuelo suyo a La Habana.

"Siempre me prometía que me lo haría saber, pero alegaba que iban a necesitar de muchas horas de explicaciones, y su relato nunca lo llegué a saber porque murió en un accidente aéreo," expresó Bodden.

Lo único que Santiago le informó a Bodden fue que las instrucciones eran de pernoctar en La Habana, que el Coronel Abbes García, le daría las instrucciones.

Pero luego cambiaron las órdenes y Abbes les dijo que debían regresar porque había que hacer otro viaje a La Habana ese mismo día.

De acuerdo con un testimonio del dominicano Joseph Cáceres, quien coincidió con la familia de Batista en Boca Chica, playa cerca de Santo Domingo, el avión que llevaba a Batista tuvo que sobrevolar durante un tiempo el aeropuerto de San Isidro mientras el dictador dominicano se ponía de acuerdo con su supuesto "amigo".

La demora en aterrizar fue debido a que Batista le debía decir a Trujillo cuánto dinero le iba a dar por el favor de darle refugio en este país.

El dictador cubano debió entregarle a Trujillo, supuestamente, cuatro millones de dólares.

Cáceres visitó la casa de la familia Batista en Boca Chica porque había conocido a su hijo Jorge en el Colegio La Salle de Santo Domingo. Relata que en la vivienda se encontraba el derrocado Presidente

con su esposa Martha Fernández y un guardaespal-
das que luego supo Cáceres que era un asesino del
régimen,   de   seudónimo   "Boca   Negra".

Estuvieron viviendo unos meses en Dominicana y
luego se fueron para la ciudad veraniega de Estoril
(Portugal) y por ultimo a Marbella (España), donde
murió en 1973.

DE CAYO CONFITES A PLAYA CARACOLES

Dicen que el padre de Francisco Alberto Caamaño Deñó, general Fausto Caamaño, al enfrentar a los alumnos cubanos de segunda enseñanza en la escuela que lleva el nombre de su hijo, dijo que ante ellos comparecía un viejo tonto que lloraba por haber comprendido demasiado tarde que su hijo tenía razón en sus ideales de libertad y justicia.

¿Quién podría adivinar que el padre del héroe de Abril, junto con Ludovino Fernández, soportes principales del dictador Rafael Leónidas Trujillo Molina en los cuerpos castrenses, serían procreadores de jefes de la lucha revolucionaria?

Honrosas excepciones confirmaron la regla que de tal padre, tales hijos.

La rebeldía de una generación de dominicanos de mediados del siglo pasado, se gestó en las entrañas de la dictadura y se expandió entre exiliados de ese país que huyeron de la tiranía de Rafael Leónidas Trujillo hacia Cuba, Venezuela, Puerto Rico y Estados Unidos, muchas veces después de sufrir los rigores de la represión y la tortura.

Sobreviviente de dos contiendas insurgentes, las del 14 de junio (1959) y la guerrilla de Caamaño en 1973, el ingeniero y autor Hamlet Hermann ha legado su testimonio en una docena de libros, el más reciente de los cuales es Caamaño, biografía de una época.

Entre las anécdotas producto de sus investigaciones, el laureado escritor contó que el padre de Caamaño visitó Cuba en 1947, cuando se preparaba la expedición de Cayo Confites, destinada a desembarcar en Dominicana para luchar y derrocar a la dictadura de Trujillo.

CAYO CONFITES

Según Sergio Santana, investigador dominicano, un rico terrateniente de ese país, Juancito Rodríguez, de La Vega, República Dominicana, salió al exilio y se puso al frente de la expedición que se preparaba en La Habana.

José Manuel Alemán, ministro de Educación del gobierno del entonces presidente Ramón Grau San Martín, fue el contacto entre los exiliados y el gobierno, que tenía como jefe del Ejército al futuro golpista y ya entonces General Fulgencio Batista.

Alemán por la parte civil y el coronel Genovevo Pérez Dámera por lo militar, ayudaron a los expedicionarios con el alojamiento y el avituallamiento para la contienda bélica.

La visita de Fausto Caamaño a Cuba, señaló Hermann, tenía dos encomiendas del "Generalísimo", desalentar el apoyo oficial cubano a la expedición y otra más encubierta, dar muerte al joven de 21 años que se destacaba ya por su fogosidad y verticalidad de sus ideas, Fidel Castro Ruz.

Para suerte de la historia posterior de América Latina y el Caribe, Caamaño padre solo tuvo éxito en la primera de las tareas, ayudado por el gobierno de Estados Unidos, que respaldó a Trujillo y presionó al gobierno cubano para hacer abortar la expedición.

El 13 de julio de 1947 los exiliados dominicanos eligieron un comité central para dirigir la expedición, integrado entre otros, por el profesor Juan Bosch.

Al entrar el mes de septiembre de ese año, el grupo contaba con 4 barcos, 13 aviones y mil hombres armados.

Cuando era inminente la salida del grupo insurgente, Trujillo declaró que "en el momento que el primer invasor pise tierra dominicana comenzaremos a bombardear la ciudad de La Habana", recoge Santana en su blog: seisantanadominicana.blogspot.com.

Empezaron las deserciones entre la tropa, confusiones y escaramuzas con la marina cubana y los expedicionarios restantes fueron obligados a desembarcar en Antillas, actual provincia de Holguín, donde fueron desarmados y conducidos al recinto militar de Columbia en La Habana.

Estando prisionero en Columbia, Juan Bosch se declaró en huelga de hambre hasta tanto no fueran liberados todos los expedicionarios, a lo cual finalmente accedió el gobierno cubano.

EXPEDICIÓN Y MOVIMIENTO 14 DE JUNIO

Tanto la expedición como el movimiento 14 de Junio formado posteriormente a las acciones de esa fecha, son hechos que van subordinados a tres de los temas más importantes de la historia dominicana.

El primero, el régimen de Trujillo; dos, el golpe de estado al primer gobierno electo democráticamente luego de 31 años de dictadura trujillista, con el ajusticiamiento del tirano el 30 de mayo de 1961; y tres, la revolución de 1965, que trajo consigo la intervención militar estadounidense, dice Ernesto Guzmán Alberto, en su ensayo Expedición y Movimiento del 14 de Junio.

Los que se entrenaban en 1959 para acometer el plan insurgente eran 211 dominicanos, 20 cubanos, 13 venezolanos, 9 puertorriqueños, 3 norteamericanos, 3 españoles, un guatemalteco y un nicaragüense, según Guzmán.

La expedición del 14 de junio de 1959 prevista para entrar en territorio dominicano por Constanza, Maimón y Estero Hondo, fue la insurrección armada más destacada acometida contra el régimen de Trujillo.

Organizaciones dominicanas en el exilio se reunieron en La Habana en marzo de 1959 para formar el Movimiento de Liberación Dominicana (MLD) con una división armada denominada Ejército de Liberación Dominicana (ELD).

En Dominicana también se reunieron fuerzas anti trujillistas para integrar formalmente un movimiento armado en torno al MLD y lo convirtieron en un solo frente.

Ya entrenados militarmente jóvenes del MLD en Cuba, fueron divididos en cinco pelotones de 50 hombres cada uno. Según el ensayista Ernesto Guzmán, el grupo se componía de 261 combatientes en total.

El 14 de junio de 1959, se había previsto la entrada del grupo insurgente por Constanza, Maimón y Estero Hondo, pero en esa fecha solo se pudo aterrizar en el aeropuerto militar de Constanza.

Este contingente estuvo comandado por Enrique

Jiménez Moya y el cubano Delio Gómez Ochoa, este último comandante del Ejército Rebelde al triunfar la Revolución Cubana y hoy reconocido como héroe en la República Dominicana.

Un total de 56 combatientes iban a bordo de esa nave que debió desviarse de San Juan de la Maguana hacia Constanza, obligada por condiciones atmosféricas adversas.

. Recibidos por los disparos de militares apostados en ese aeropuerto, el grupo fue impedido de bajar sus armas y pertrechos del avión, que levantó vuelo después de dejar a los combatientes.

El arribo del avión debió estar respaldado por la llegada de lanchas con el resto de los expedicionarios, pero también enfrentaron inconvenientes que retrasaron su desembarco.

La mayoría de los insurgentes capturados por las tropas de Trujillo fue torturado en las cárceles del régimen. Del total de combatientes, sobrevivieron los dominicanos Poncio Pou Saleta, Mayobanex Vargas, Francisco Medardo y los cubanos Delio Gómez Ochoa y Pablo Mirabal.

El movimiento integrado posteriormente en su mayoría por estudiantes universitarios, que honraba a los héroes caídos, desarrolló varias actividades clandestinas contra la dictadura que rápidamente detectó la ubicación del foco subversivo en torno a la Universidad de Santo Domingo.

Los arrestos no se hicieron esperar, cayendo Manolo Tavarez Justo, Leandro Guzmán, Pedro González, esposos de Patria, María Teresa y Minerva Mirabal (luego asesinadas por la tiranía) hasta aproximadamente un centenar de miembros del

Movimiento 14 de Junio.

Luego del ajusticiamiento del dictador, el Movimiento pasa de la clandestinidad a la legalidad, convirtiéndose en una organización política.

CAAMAÑO, EJEMPLO QUE NO MUERE

Francisco Alberto Caamaño Deñó fue fusilado el 16 de febrero de 1973 por orden del entonces presidente Joaquín Balaguer, de quien se ha dicho era alumno del dictador Trujillo, pero que en opinión del ex guerrillero y autor, Hamlet Hermann, fue maestro y guía del tirano.

En la presentación del libro Caamaño, biografía de una época, que según su autor le llevó 39 años y ocho meses escribirlo, el ex embajador de Cuba en República Dominicana, Omar Córdoba, dijo que Francis, como le conocían sus amigos, evolucionó de estricto y honesto jefe militar durante la dictadura, a líder del ejército constitucionalista que buscaba devolver a la presidencia al profesor Juan Bosch, derrocado en 1963, siete meses después de ser electo democráticamente.

El héroe dirigió al pueblo que, casi desarmado, se enfrentó a la invasión de este país por más de 40 mil marines de Estados Unidos. República Dominicana fue el único país invadido militarmente tres veces (1904, 1916 y 1965) durante el siglo XX por fuerzas de Estados Unidos.

La de 1965 fue la gota que derramó la copa de las inquietudes patrióticas de Francisco Caamaño. De oficial militar e hijo de uno de los generales trujillistas más connotados, se transformó en símbolo universal de la lucha frontal contra el imperialismo.

Sin vencer al imperio, pero sin ser vencido, el coronel Caamaño, quien llegó a ocupar la Presidencia provisional del país, transigió poner fin a un conflicto que agobiaba al país y empezó a padecer el perverso castigo del ostracismo cuando es designado agregado militar de la embajada dominicana en el Reino Unido.

No le fue permitida ninguna comunicación con el pueblo que lo tenía como su gran esperanza. Ante esa situación optó por prepararse para cumplir la promesa hecha a los dominicanos cuando renunció a la Presidencia del gobierno en armas.

A pesar de los ocho años que lo separaron del pueblo dominicano, su recuerdo seguía siendo poderoso. De acuerdo con su más dedicado biógrafo, es en Cuba donde Caamaño alcanza la madurez de su pensamiento político.

Joaquín Balaguer, impuesto en la presidencia dominicana por Estados Unidos, fue informado del desembarco de Caamaño y sus guerrilleros por Playa Caracoles en la primera semana de febrero de 1973.

Según Hermann, entraron en acción al tercer día, se separaron al sufrir heridas el mejor hombre de la guerrilla e insistir Caamaño en cuidarlo, quedándose en compañía de otro combatiente, después de lo cual fueron capturados los tres y el resto de la guerrilla lo confirmó al interceptar trasmisiones del Ejército.

Al consultársele a Balaguer qué acción tomar con Caamaño, dijo airado que para ellos no había cárcel, lo cual fue interpretado como su orden de dar muerte al jefe de la guerrilla y sus acompañantes.

El mandato se cumplió el 16 de febrero, pero su recuerdo perdura porque como dijera su compañero de armas y biógrafo, citando al generalísimo Máximo Gómez ante la inesperada muerte de Martí: "Duerme en paz compatriota y amigo querido, que yo digo de ti lo que la Historia ha dicho del héroe griego: bajo el cielo azul de tu patria, no hay tumba más gloriosa que la tuya."

JUAN BOSCH EN SU ISLA FASCINANTE

Político honesto y uno de los escritores más preclaros de Latinoamérica, Juan Bosch Gaviño (30 de junio de 1909-1 de noviembre de 2001) dejó una estela brillante de obra literaria y de principios políticos, en la fundación del Partido Revolucionario Dominicano (PRD) en 1939 y el Partido de la Liberación Dominicana (PLD).en 1973.

Con apenas 15 años, Bosch empezó a trabajar en tiendas comerciales en Santo Domingo y más tarde viajó en 1929 a España, Venezuela y algunas islas del Caribe.

En 1935 es nombrado en la *Dirección General de Estadísticas* donde trabajó en la organización del censo nacional de la República Dominicana de ese año, pero ya la dictadura de Rafael Leónidas Trujillo en el poder, Bosch es acusado de conspiración y sufre cárcel durante varios meses.

Después de un corto exilio en Puerto Rico, Bosch parte para Cuba, donde se asienta en 1939.

Nunca dejó de escribir y de acuerdo a la doctora Martha Prieto Valdés, de la Cátedra Juan Bosch de la Universidad de La Habana, siete años antes de instalarse en Cuba, ya Bosch publicaba cuentos en la revista **Carteles**, y en 1944 **Bohemia** le abrió sus páginas.

Por aquel decenio fue intensa su actividad intelectual en Cuba, pues dictó numerosas conferencias en la Universidad de La Habana y en centros de altos estudios de otras provincias. Entretanto, fundó el Partido Revolucionario Dominicano y se casó con la cubana Carmen Quidicllo y tuvo un hijo, Patricio.

Amó a Cuba como si fuera su propia patria y le dedicó la obra: **La isla fascinante**, sin nunca olvidar a la tierra natal, República Dominicana. Precisamente, durante toda la etapa del exilio político, denunció en la prensa cubana la dictadura de Trujillo e hizo valer su palabra al involucrarse en la expedición armada de Cayo Confites (1947) con el propósito de iniciar el movimiento de liberación en Santo Domingo.

No obstante, esta fracasó ante la debilidad del entonces presidente de Cuba, Ramón Grau San Martín, presionado por el propio Trujillo y el gobierno de Estados Unidos.

Cuando <u>Fulgencio Batista</u> dirigió un <u>golpe de Estado</u> contra Carlos Prío Socarrás y asumió la presidencia en 1952, Bosch fue encarcelado por las fuerzas de Batista. Después de ser liberado, se fue de Cuba y se dirigió a <u>Costa Rica</u>, donde dedicó su tiempo a tareas pedagógicas y a sus actividades como líder del PRD.

En 1959, se llevó a cabo la <u>Revolución Cubana</u>, dirigida por <u>Fidel Castro</u> que motorizó un reordenamiento político, económico, y social en los países del Caribe.

Bosch, con instinto certero, percibió el proceso histórico que se había iniciado, y escribió una carta a Trujillo, el 27 de febrero 1961. Le dijo a Trujillo que su papel político, en términos históricos, había concluido en la República Dominicana.

Poco después, escribió: "Todos nuestros pueblos son antiimperialistas, entre otras razones, porque los traidores de América han sido siempre amigos muy mimados de los imperios que nos han sometido. Pero la bandera antiimperialista no puede ser tenida en alto si no es por los demócratas probados."

De regreso a República Dominicana participó en las primeras elecciones democráticas luego del ajusticiamiento del dictador por un grupo de patriotas.

En 1947, estando Bosch en una visita a México, fue víctima de un atentado ordenado por Trujillo. El atentado fue malogrado, según algunas versiones, por su potencial rival político Joaquín Balaguer, que a la sazón se desempeñaba como embajador en México.

Además de haber colaborado durante décadas con el dictador, se dice que Balaguer fue su guía, más que su discípulo, y pudo haberse involucrado en el atentado contra Bosch.

Después de 23 años en el exilio, Juan Bosch regresó a su país cuando Trujillo fue ajusticiado el 30 de mayo de 1961. Su presencia en la vida política nacional, como el candidato presidencial del Partido Revolucionario Dominicano, fue un nuevo cambio para los dominicanos.

Dice uno de sus biografías que su manera de hablar, directa y sencilla, sobre todo al dirigirse a las capas más bajas de la población, tanto rurales como urbanas, le permitió desarrollar una profunda influencia y simpatías populares.

En las elecciones del 20 de diciembre de 1962, Bosch obtuvo un triunfo total sobre su principal opositor Viriato Fiallo de la Unión Cívica Nacional, lo que se conoce como las primeras elecciones libres en la historia del país.

El 27 de febrero de 1963, Bosch y *Segundo Armando González Tamayo* tomaron posesión como nuevo Presidente y Vicepresidente de la República Dominicana

Bosch hizo inmediatamente una profunda reestructuración del país. El 29 de abril, se promulgó una nueva constitución liberal. El nuevo documento concedía la libertad que los dominicanos nunca habían conocido. Entre otras cosas, declaró los derechos laborales, y mencionó los sindicatos, las mujeres embarazadas, las personas sin hogar, la familia, los derechos del niño y los jóvenes, los agricultores, y los hijos ilegítimos.

El 25 de septiembre de 1963, después de sólo siete meses en el cargo, Bosch fue derrocado en un golpe de estado encabezado por el coronel Elías Wessin y Wessin y sustituido por una junta militar de tres hombres. Bosch volvió a exiliarse en Puerto Rico.

El descontento creciente generó otra rebelión militar el 24 de abril de 1965, que exigía la restauración de Bosch. Los insurgentes constitucionalistas, al mando del coronel Francisco Alberto Caamaño, seguidos por un pueblo armado de piedras y palos, que el 28 de abril se enfrentaron a una invasión de Estados Unidos integrada por 42,000 marines.

Después de poner un gobierno interino en el poder, se fijaron las elecciones para julio de 1966. Bosch entonces regresó al país y se lanzó como candidato por el PRD, pero debido a intimidaciones y fraudes de la oposición, ganó Joaquín Balaguer la presidencia.

Don Juan, como es cariñosamente recordado por muchos, murió el 1 de noviembre de 2001, en Santo Domingo. Como ex presidente, recibió los honores correspondientes en el <u>Palacio Nacional</u>, y fue enterrado en su ciudad natal de <u>La Vega</u>.

Su legado en la política es más que relevante: sus ideales, mientras han sido olvidados o traicionados por sus seguidores, todavía son valorados a la hora de referirse a la buena <u>administración pública</u>.

Las contribuciones del profesor Bosch a la literatura a través de sus relatos, novelas y ensayos lo convirtieron en un modelo a seguir para varias generaciones de escritores, periodistas e historiadores.

HERMANADOS DESDE EL CACIQUE HATUEY

La Campaña de Solidaridad con Cuba en la República Dominicana se fundó el 14 de Junio de 1990, pero este acercamiento entre los dos pueblos comenzó cinco siglos antes con el cacique caribe Hatuey, cuando este cruzó a la isla vecina, quizás por el Paso de los Vientos, para alertar a sus hermanos aborígenes de Cuba contra los maltratos y saqueo de los conquistadores españoles.

Después del casi exterminio de caribes, taínos y siboneyes, los españoles trajeron a La Española mano de obra esclava de África, se incrementó la inmigración de España y, en menor medida, de otras naciones europeas.

Al final del siglo XVIII (1790-1800), oriundos de la isla de Santo Domingo, dos de ellos de la parte Occidental, hoy Haití: Jean François y Jorge Biasou, y uno de la Oriental, Gil Narciso, influyeron con su presencia en Cuba, en conspiraciones por la independencia americana.

Renée Méndez Capote, acuciosa investigadora cubana ya fallecida, dice en su ensayo "4 Conspiraciones", que cuando España, por el Tratado de Basilea firmado en 1795, se vio obligada a entregar a Francia, la Colonia de Santo Domingo, se encontró con un problema y era que había generales negros y mulatos que habían servido en las filas españolas con las Tropas Auxiliares Negras, en contra de sus hermanos de raza.

Los tres generales antes citados eran acusados de traidores y corrían peligro, por lo que fueron deportados a Cuba, en la escuadra española que llevaría a dicha isla, los supuestos restos de Cristóbal Colón.

Varios dominicanos participaron igualmente en la Conspiración de "Soles y Rayos de Bolívar", cuyo jefe era Francisco Lemus. Hilario Herrera (apodado El Inglés) debía dirigir el levantamiento en Camagüey y la región oriental de Cuba, pero el 16 de marzo de 1826, muchos involucrados en la conspiración fueron ejecutados y los que escaparon fueron al exilio.

En esa sublevación tomaron parte Gil Narciso e Hilario Herrera, este último participante en los primeros conflictos de la invasión haitiana a Santo Domingo Oriental, pasando por la ocupación haitiana de Toussaint L´Ouverture hasta el gobierno de Juan Sánchez Ramírez y el triunfo de las guerras restauradoras.

En los albores del siglo XIX, Cuba era la colonia de ultramar más importante de España y primera productora de azúcar del mundo, sustituyendo a la antigua colonia francesa de Santo Domingo Oriental, que se había liberado del yugo español en las guerras restauradoras de 1865.

No muchos dominicanos saben que en las guerras de independencia de Cuba de 1868 al 1878 y, más tarde, de 1895 a 1898, no sólo lucharon los de su patria, sino que muchos criollos jugaron un papel estelar encabezados además de Máximo Gómez, por Dionisio Gil, quien dirigió un frente beligerante en las filas Mambisas.

El 10 de octubre de 1868, se inició en Bayamo la sublevación independentista bajo la dirección de Carlos Manuel de Céspedes.

Ya el 15 de octubre se unieron a los cubanos los dominicanos Luis y Félix Marcano Álvarez y el día 16, Máximo Gómez, quienes aportaron la experiencia militar de República Dominicana que para ese

Asegura Gutiérrez Félix que en la Batalla de Palo Hincado en 1808 contra las tropas remanentes que comandó Victor Manuel Leclerc, se ejecutó la primera "carga al machete" y la gran epopeya que culminó con la Restauración de la República en 1865.

Luego de la primera etapa de la Guerra de los Diez Años, en la que además de los tres militares antes citados se suman Francisco Marcano Álvarez y Modesto Díaz Álvarez, primo hermano de los anteriores que se retiraron a Cuba cuando la Anexión a España de Pedro Santana.

Ellos eran 5 oficiales del Ejército Español que fueron al exilio en Cuba, Habiendo concluido la Guerra de los Diez Años, estos valientes pasaron a retiro, dedicándose al negocio de la madera.

Contactados por Perucho Figueredo, uno de los organizadores junto a José Martí de la Guerra de 1895 en Cuba, los dominicanos se incorporaron al proceso conspirativo por la independencia.

Es incuestionable el rol protagónico de sus dos grandes estrategas: José Martí (ideólogo) y Máximo Gómez (militar) quien ya tenía experiencia en las lides libertadoras de las guerras restauradoras dominicanas.

Martí, admirador agradecido de los dominicanos, propuso a Máximo Gómez "su sacrificio y ayuda a la revolución como encargado supremo del ramo de la guerra, a organizar dentro y fuera de Cuba el

Ejército Libertador."

Máximo Gómez ya vivía en Montecristi, ciudad marina del oeste dominicano y después de fundar Martí el Partido Revolucionario Cubano, dijo Gutiérrez Félix, el héroe nacional cubano estuvo en tres ocasiones en dicha ciudad del Morro, hasta firmar con Gómez, el 25 de marzo de 1895, el Manifiesto que llevó el nombre de la ciudad, desde donde partieron hacia el oriente cubano para encabezar el levantamiento armado contra España.

Después de la gesta independentista en Cuba, hubo más ocasiones en que se unieron patriotas dominicanos y cubanos: la abortada expedición de Cayo Confites en 1947 y otra, la de Constanza, Maimón y Estero Hondo que partió de Cuba, meses después del triunfo revolucionario de 1959.

La acción que dio vida al Movimiento 14 de junio, también dirigida a derrocar al dictador Rafael Leónidas Trujillo, si bien no logró su objetivo, dejó creadas las condiciones para el ajusticiamiento del tirano el 30 de mayo de 1961.

La conciencia de identidad y soberanía se expandió y fortaleció en el país. De ahí que el derrocamiento del presidente Juan Bosch, siete meses después de ser democráticamente electo, hizo que oficiales honestos como Francisco Alberto Caamaño, se sublevaran buscando la restauración de Bosch en la silla presidencial.

Los militares constitucionalistas hicieron temer a Estados Unidos la formación de otro proceso revolucionario como el de Cuba y emprendieron la tercera ocupación de Santo Domingo en el siglo XX (1916, 1924 y 1965), el ejército constitucionalista, seguido por todo el pueblo, fue superado en fuerzas, pero no vencidas sus ideas.

El Coronel de Abril, Francisco Alberto Caamaño prefirió evitar un mayor derramamiento de sangre y aceptó la propuesta de la Junta Gobernante, de ser agregado militar de la embajada dominicana en Londres.

Caamaño nunca abandonó la idea de regresar a su Patria para emprender la lucha armada contra el gobierno impuesto por Washington y presidido por Joaquín Balaguer.

Identificados él y otros exiliados con las conquistas y transformaciones en Cuba, encontraron en la isla vecina el apoyo necesario para realizar sus ideales. En 1973, desembarcaron en Playa Caracoles y empezaron a enfrentar al ejército regular al tercer día de haber tocado tierra, sin lograr concentrar todas las fuerzas de la guerrilla.

Cayeron en manos del ejército Caamaño y otros dos compañeros, quienes fueron ejecutados extrajudicialmente por órdenes del presidente Joaquín Balaguer, como se ha comprobado por varios autores.

Desde la creación de la Campaña de Solidaridad con Cuba por estudiantes, profesores, trabajadores, campesinos y políticos, mujeres, hombres y niños simpatizantes del proceso revolucionario cubano han estado presentes no solo en actos conmemorativos de efemérides patrióticas cubanas, sino que han contribuido a campañas de esclarecimiento y acciones de denuncia contra el bloqueo de Estados Unidos a la Isla y las calumnias en medios de prensa.

Más recientemente, los días cinco de cada mes, organizan conciertos, conferencias, presentaciones de filmes, veladas poéticas, así como divulgación actualizada de la situación legal de Antonio Guerrero,

Gerardo Hernández, Ramón Labañino, Fernando González, y René González, este último quien después de cumplir su condena fue obligado a permanecer otros tres años en libertad supervisada en Estados Unidos.

Los solidarios dominicanos han entregado cartas al Presidente Barack Obama y manifestado ante la embajada de Estados Unidos en demanda de la liberación de los cinco antiterroristas cubanos presos por defender a su Patria de agresiones organizadas desde el territorio de ese país.

La hermandad entre ambas naciones también se ha manifestado en tiempos de desastres naturales, con el apoyo mat5erial y en profesionales de la salud cubanos.

POLÍTICA

ELSY FORS

REPÚBLICA DOMINICANA EN ELECCIONES

Las elecciones en República Dominicana se convocan cada cuatro años, tienen sus normas establecidas por ley, pero rara vez se cumplen, como el comienzo y término de las campañas, la inscripción de partidos participantes, luego de sus primarias y más tarde, los actos públicos y divulgación en los medios de candidatos presidenciales.

Lo cierto es que desde marzo de 2011, cuando se realizó la convención del Partido Revolucionario Dominicano (el más fuerte de la oposición) uno de los candidatos presidenciales propuestos y jefe del PRD, Miguel Vargas Maldonado, no aceptó el resultado que favoreció a Hipólito Mejía.

Entre movimientos y organizaciones políticas, existen unos 35 en la República Dominicana, pero al final se polarizan las simpatías en los dos partidos tradicionales, el PRD y el Partido de la Liberación Nacional (PLD) que en la práctica no se diferencian en sus plataformas de gobierno y que ha tenido al PLD en el poder desde 2004.

El Poder Ejecutivo dominicano declaró 2011 Año por la transparencia y el fortalecimiento institucional, quizás porque sean esas las mayores carencias del gobierno.

En enero de 2011 se cumplió un año de promulgada la Constitución, que en su artículo 138 establece que la administración pública está sujeta al principio de la transparencia.

El decreto suscrito por el presidente Leonel Fernández dice que en 2011 es necesario desarrollar actividades para lograr una institucionalidad con apego a la Constitución y las leyes.

Pero un balance hecho por el periodista Juan Bolívar Díaz y publicado en el diario Hoy, señala que semana tras semana se sucedieron en el año que concluyó, las denuncias de corrupción.

En múltiples casos documentadas por los programas de investigación periodística, el Gobierno se vio precisado a pedir a los organismos internacionales que elaboraran un programa de lucha contra la corrupción.

El desequilibrio fiscal fue tan serio en la primera mitad del año, impulsado por el derroche en la campaña para las elecciones de mayo, que obligó a dos renegociaciones del acuerdo pactado con el Fondo Monetario Internacional (FMI) en noviembre del 2009.

El Gobierno no pasó la primera revisión del acuerdo, por lo que en marzo tuvo que presentar una nueva carta de intención, lo que se repitió en octubre.

En el primer semestre, el Gobierno agotó el 95 por ciento del endeudamiento interno programado para todo el año, viéndose obligado luego a paralizar obras y reducir gastos, pese a lo cual, en el último trimestre, el ministro de Hacienda dijo que apenas tenían dinero para salarios y gastos fijos.

TERMÓMETROS ENGAÑOSOS
PARA ELECTORES INSATISFECHOS

La guerra de las encuestas es un ardid publicitario del proceso electoral en las democracias representativas, pero en República Dominicana algo ha sido constante y es la insatisfacción del electorado. Los porcentajes de los candidatos de los dos partidos mayoritarios, el oficialista Partido de la Liberación Dominicana (PLD) y su principal opositor, el Partido Revolucionario Dominicano (PRD), Danilo Medina e Hipólito Mejía, respectivamente, han ido cambiando.

Sin grandes o ninguna diferencia en la propuesta de gobierno, la palabra clave de sus campañas ha sido el cambio, el PLD con el apellido de "seguro" y el PRD seguido de la frase "pero para todos". A favor del candidato del PLD, Danilo Medina, se ha hecho sentir el respaldo del actual gobierno, sus recursos y la simpatía despertada entre la población por la Primera Dama y actual candidata a Vicepresidenta, Margarita Cedeño.

Hipólito Mejía y el PRD tuvieron un apoyo mayoritario en muchas de las encuestas realizadas hasta casi finales de 2011. La dirigida por la empresa Zogby en noviembre dio ventaja de 16 puntos a Hipólito sobre Danilo.

Incluso la encuesta CID Latinoamérica-Diario Libre, publicada el 29 de noviembre, daba todavía un amplio triunfo a Hipólito Mejía con el 51 por ciento

sobre Danilo Medina con 36 por ciento,
Pero el apoyo con que contaba hasta entonces el
PRD fue erosionado por discusiones públicas entre
el candidato Mejía y el presidente de la organización, Miguel Vargas, lo cual le ha quitado el respaldo de los seguidores de Vargas, que no son pocos.
Cambia la marea

La encuesta de la firma Asisa, sin embargo, hecha
pública a principios de diciembre, otorgaba a Danilo
Medina el 53 por ciento de la intención de voto, contra 40.5 por ciento de Hipólito Mejía.

A dos meses de la justa electoral, el PLD mantiene
cierta ventaja según el más reciente sondeo Gallup-
Diario Hoy, de 46.5 por ciento contra el 42.1 el PRD,
pero como recuerda la politóloga Rosario Espinal, a
diferencia de los comicios de 2004 y 2008, el Partido
de gobierno tiene una ventaja más estrecha que entonces.

La razón es que hay grandes insatisfacciones con
el gobierno y la situación del país. Mientras los salarios de los que trabajan compran menos, la población ve que el gobierno gasta en obras que hacen
menos falta que la educación y la generación de empleos formales.

Por otra parte, en opinión de los entrevistados
cambian de lugar sus prioridades, pero siguen
siendo las mismas del principio de la campaña:
costo de la vida cada vez más alto, el desempleo y la
delincuencia que va de la mano de la inseguridad
ciudadana.

Más de la mitad de los encuestados ve el futuro con
pesimismo, mientras el 66 por ciento considera que

la economía está mala y muy mala. Este es el panorama de una investigación llevada a cabo del tres al seis de marzo de 2012.

Lástima que los partidos alternativos que se mantienen como opciones en los comicios del 20 de mayo, no cuenten con los recursos ni el liderazgo necesarios para hacer llegar su mensaje como los de mayores fondos.

El partido Alianza País, con su candidato Guillermo Moreno, Dominicanos por el Cambio de Eduardo Estrella, el Frente Amplio representado por Julián Serulle y Alianza por la Democracia de Max Puig, se estima alcanzarán algo más del tres por ciento que en conjunto representaron los votos a su favor en 2008.

De ahí que el propio presidente Leonel Fernández se haya lanzado a la calle a hacer campaña como si fuera el candidato. Por este motivo, se considera al PLD como competitivo.

Mientras el PRD no gire 180 grados, se unifique y se presente más confiable a la población y sobre todo a los segmentos de ingresos medios y altos, no obtendrá el triunfo.

Ninguno de los dos partidos, ni el PLD ni el PRD tienen margen para cometer errores en lo que resta hasta el 20 de mayo.

GANADORES Y PERDEDORES,
NADA ES LO QUE PARECE

Como en una realidad virtual, en República Dominicana después de las elecciones, no todo es lo que parece.

Si se analiza cómo quedó el que continúa como gobernante, Partido de la Liberación Dominicana (PLD), mediante el binomio Danilo Medina de presidente y Margarita Cedeño, vicepresidenta, lo cierto es que el PLD salió debilitado con menos votos por sí solo, inferior en sufragios a los obtenidos en 2008.

Por la votación entre los partidos y organizaciones aliadas al PLD, se hizo evidente que el apoyo del Partido Reformista Social Cristiano (PRSC) fue decisivo con el 12 por ciento del total de votos logrados por el PLD y aliados.

Sin embargo, también el PRSC se vio fraccionado porque parte de su militancia apoyó al PLD y otros votaron a favor del PRD.

Aunque el candidato del Partido Revolucionario Dominicano (PRD) obtuvo más votos por sí solo, con 193 mil votos más que el PLD, ni alcanzó la victoria y esa organización partidista tampoco se fortaleció debido a la escisión en su cúpula.

El presidente del PRD, Miguel Vargas Maldonado, nunca se incorporó a la campaña de su candidato Hipólito Mejía, a pesar que las bases de ese partido pedían insistentemente un acercamiento entre el candidato y su presidente.

Los cuatro partidos alternativos, Alianza País, Dominicanos por el Cambio, Frente Amplio y Alianza por la Democracia, a pesar de no haber superado los pronósticos del dos por ciento del total de votos, sus atractivas propuestas ganaron muchos adeptos en la población, por su defensa coherente de los intereses nacionales.

Guillermo Moreno, candidato por el partido Alianza País, el más votado de los candidatos de partidos alternativos, dijo que esa votación asegura una tercera opción política después de los dos partidos tradicionales y lo obliga a seguir fortaleciéndola.

En cuanto a las siete diputaciones que se dirimieron en el exterior, el PRD obtuvo cuatro escaños y el PLD, tres.

Por primera vez, habrá una representación parlamentaria de siete diputados de la diáspora dominicana en el Congreso Nacional.

El presidente del Tribunal Superior Electoral de El Salvador, Eugenio Chica, uno de los observadores más experimentados que monitoreó el sufragio en la República Dominicana, catalogó la logística y la organización de las elecciones como impecable y resaltó la asistencia masiva del pueblo a ejercer el voto.

No obstante, Chica llamó a mejorar problemas detectados en este proceso, como la excesiva presencia de funcionarios, delegados, supervisores y facilitadores de los partidos políticos en los centros de votación.

También alertó contra el proselitismo político en las mesas electorales y el uso de recursos públicos en la campaña y en el propio día de la votación.

Danilo Medina en sus primeras declaraciones como presidente electo, dijo que gobernaría sin exclusiones, para hacer del país una oportunidad para todos, como lo habría querido su mentor político, el ex presidente profesor Juan Bosch.

El ex presidente Hipólito Mejía expuso su disposición al diálogo con Medina "en aras de la paz de la familia dominicana y los intereses nacionales". La mujer tuvo relevancia en estas elecciones, donde por primera vez se presentaron tres candidatas a vicepresidenta. La ganadora, Margarita Cedeño, ex primera dama, Chiqui Vicioso, destacada poetisa e intelectual por Alianza País y Luz María Abreu, por Alianza por la Democracia.

La petición del obispo Agripino Núñez Collado podría ser respaldada por toda la ciudadanía, al pedirle al presidente electo Danilo Medina que nombre funcionarios que sirvan al país y no se sirvan del poder.

EL HORNO POLÍTICO ESTÁ A PUNTO

Este fin de semana las temperaturas subirán a un nivel difícil de soportar en la República Dominicana y no solo por una coyuntura climática, sino combinada con el ambiente político en las calles.

El "paquetazo fiscal" se hizo ley cuando más desesperados están los sectores de menos ingresos. Los empresarios y círculos económicos que mantienen girando la rueda productiva de la nación también están molestos y prevén muchos despidos y quiebras.

La Oficina Nacional de Meteorología informó que en las próximas 48 horas los termómetros subirán de 34 hasta 37 grados en ciudades como Azua, Jimaní, Santiago Rodríguez y otros puntos del país, mientras en Santo Domingo habrá entre 33 y 34 grados.

El meteorólogo Francisco Holguín no dio mayores esperanzas, ya que dijo el fuerte calor continuará hasta septiembre o noviembre, época en la que se reducen los sistemas que favorecen el incremento de la nubosidad y altas temperaturas. Precisó que hasta ahora los datos que se tienen son que las mayores temperaturas se han registrado en el sur, en las zonas áridas y en las áreas fronterizas, en la línea Noroeste.

De continuar registrándose este calor podemos hablar de que este viernes, que se espera la llegada de polvo del desierto del Sahara que estará suspendido en la atmósfera y se verá un cielo gris, es posible que producto de que la Tierra no pueda enfriarse al 100%, puede llegar a estar por los 36 o 37 grados", manifestó.

El presidente Leonel Fernández, llegó de un periplo al Medio Oriente a tiempo para votar en las primarias del Partido de la Liberación Dominicana (PLD) que tomaron vapor con el plebiscito sobre la renovación o no de la dirección del partido morado.

La convención del PLD puede estar tan movida como la del Partido Revolucionario Dominicano (PRD) de marzo pasado,

Entretanto, protestas se multiplican por todo el país, de comunidades que carecen de agua potable y de electricidad, los desechos no se recogen y contribuyen al aumento de los casos de cólera y otras enfermedades gastrointestinales. (23/06/11)

NUEVOS PELIGROS AMENAZAN

El Frente Amplio alertó que nuevos peligros se ciernen sobre la soberanía nacional, al recordar el 47 aniversario de la tercera intervención norteamericana a República Dominicana.

El Frente criticó que los candidatos presidenciales del Partido de la Liberación Dominicana (PLD) y del Partido Revolucionario Dominicano (PRD) coincidieron en su intención de pactar de nuevo con el Fondo Monetario Internacional (FMI).

La declaración del Frente Amplio llama la atención que negociar un nuevo acuerdo con el FMI es violatorio del artículo tercero de la Constitución vigente, es perder el control del presupuesto nacional, así como de la orientación del gasto porque se concentra en pagar la deuda pública, en vez de orientarse a la inversión en educación, salud, viviendas, energía e infraestructura.

En declaraciones enviadas a la prensa señala que votar el 20 de mayo por una opción diferente a la de los partidos tradicionales, como la casilla 9 en la boleta electoral, perteneciente al Frente Amplio es una buena forma de honrar la memoria de los héroes y mártires de la Guerra Patria de 1965 contra las tropas interventoras estadounidenses.

Impedir la instalación de una estación naval en la isla Saona, bajo el control o influencia del Comando Sur de Estados Unidos, significa también continuar la lucha del coronel Francisco Alberto Caamaño y otros hombres y mujeres que enfrentaron a los soldados extranjeros que pisotearon nuestro suelo patrio, afirmó el Frente Amplio.

Grafitis en las céntricas avenidas Máximo Gómez y Bolívar llaman a rechazar el proyecto de base naval estadounidense en la Isla Saona, frente a la costa suroriental dominicana.

La nota agrega que se necesita continuar defendiendo los recursos naturales, en particular el oro y el ferroníquel, las playas, el agua y los bosques de la depredación de las compañías extranjeras, declararon los dirigentes del Frente Amplio, que llevó como candidato presidencial a Julián Serulle y Fidel Santana para la vicepresidencia.

FUERZAS DE IZQUIERDA
BUSCAN ALTERNATIVAS

Fuerzas de izquierda dominicanas buscan articular una alternativa al neoliberalismo y eliminar los privilegios de la oligarquía representada por los funcionarios públicos.

Según Fidel Santana, dirigente del Frente Amplio de Lucha Popular (FALPO), estas fuerzas están empeñadas en lograr el respaldo de la clase media, el empresariado, además de la población trabajadora y religiosos a unirse en un frente capaz de accionar en el plano electoral para construir una tercera opción política fuera de los partidos tradicionales.

Santana opinó que hay un momento interesante en el escenario político dominicano para crear un canal unificador de las posturas críticas y agregó que es necesario pasar a la acción porque el país lo requiere.

Consideró que sectores cada vez más amplios de la clase media se dan cuenta que el rumbo del país pone en peligro su status y una muestra de ello fue el amplio respaldo a la demanda del cuatro por ciento del Producto Interno Bruto (PIB) para la educación.

Santana dijo que en el país impera una triple inseguridad en los planos jurídico, económico y personal.

El aparato del Estado, dijo, sale muy costoso por

los lujos que se dan los funcionarios, gastos que recaen sobre la clase media con doble tributación y altas tarifas para servicios de electricidad, agua, recogida de basura, entre otros.

El dirigente de izquierda dijo que hasta ahora la clase media no ha encontrado un canal para expresar ese descontento político.

Señaló, además, que las fuerzas de izquierda empeñadas en el proceso unitario popular van a proponerle al país construir una tercera opción.

Identificó concretamente que han conversado con el alcalde de Santiago, Julián Serulle; con Eduardo Estrella, presidente del partido Dominicanos por el Cambio (DxC); con Ismael Reyes Cruz, del Partido Demócrata Institucional (PDI) y además con el general José Miguel Soto Jiménez, del partido V República, porque han expuesto explícitamente la necesidad de hacer cambios en el país.

Santana aclaró que trabajan para formar esa tercera fuerza no como un ente coyuntural para participar en las elecciones, sino como un proyecto estratégico para el cambio político en República Dominicana.

UN LIMBO MIGRATORIO

En tiempos de la esclavitud en América, el esclavo o esclava que lograba comprar su libertad o le era concedida por sus amos, tenía la seguridad que toda su descendencia sería libre, reconocidos como ciudadanos del país donde nacieron.

Sin embargo, una perversión de la ley ha creado una discriminación institucionalizada en la República Dominicana que arrebata la nacionalidad a quienes han nacido e incluso procreado en este país. Solamente se les imputa un defecto, que sus padres o abuelos hayan nacido en Haití.

Aun cuando ellos mismos o sus ancestros ya hubieran sido reconocidos como ciudadanos dominicanos, en posesión de cédulas de identidad que así lo certificaran, el carácter retroactivo de una resolución, la número 12 de la Junta Central Electoral (JCE), faculta a las oficialías o registros civiles del país a no extender actas de nacimiento a esas personas consideradas "en tránsito".

Después de un estudio realizado por el Observatorio de Derechos Humanos y respaldado por el Servicio Jesuita a Refugiados y Migrantes, se recomendó al gobierno dominicano la eliminación de la Resolución 12. Esta disposición de la JCE, concluye el estudio, no debe estar por encima de la Ley ni actuar de manera retroactiva, no pueden afectar negativamente los derechos que la gente ya ha adquirido.

Las personas afectadas que acuden a las oficialías

y a la JCE no son informadas del tiempo que conlleva la revisión de sus casos. De 96 casos que acudieron al Servicio Jesuita, procurando asesoramiento legal, 90 declararon que no le especificaron una fecha para dar respuesta sobre su caso.

El pecado original

A finales del siglo XIX y principios del XX, se consolidó una inmigración haitiana temporal y de carácter estacional, basada en los trabajadores contratados por el Consejo Estatal del Azúcar. Según el sociólogo Rubén Silié, los haitianos eran traídos a trabajar en Dominicana sobre la base de acuerdos entre ambos gobiernos.

A estos jornaleros traídos para las plantaciones de caña de azúcar, el gobierno dominicano les daba un carnet, diferenciándolos de otros extranjeros "transeúntes" o "en tránsito", ya que este documento servía para realizar todo tipo de acto civil.

Los inmigrantes haitianos generalmente no retornaban a Haití, sino que permanecían en torno a los ingenios, formando comunidades en bateyes creados por los empleadores.

Esto abarataba el costo de los dueños porque no gastaban en enviar a los trabajadores de vuelta a su país, como se establecía en el contrato original, ni proveían a veces a los jornaleros las habilitaciones previstas en los acuerdos entre ambos gobiernos.

En opinión de Mario Serrano, director del Centro Cultural Bonó y recientemente designado por la Iglesia para coordinar la Pastoral Haitiana en Dominicana, no se valora en su justa medida el aporte de los haitianos a la economía dominicana. Por otra parte, la doble moral permitía a patronos y funcionarios emplear a haitianos mientras les niegan la nacionalidad a hijos de estos, nacidos en este país.

La Constitución vigente hasta 2010, establecía el sistema mixto de nacionalidad, dando derecho tanto al suelo donde nace el individuo como a la sangre de quienes lo procrearon, pero no establecía como requisito la regularidad migratoria de los padres.

La nueva Constitución promulgada en enero de 2010, mantiene el sistema mixto, con el requisito que para obtener la nacionalidad por el suelo en que nació, los padres deben ser residentes y contar con documentación que así lo avale.

En la aplicación de la Carta Magna entran a jugar entonces los criterios discriminatorios, por su apariencia física, los apellidos si son, o parecen ser, haitianos.

Descenso al infierno

A la sede de la organización de Mujeres Dominico-Haitianas (MUDHA) acuden cientos de dominicanas de nacimiento que enfrentan a diario el infierno de este limbo legal.

Liliana Dolis miembro de la dirección de Mudha, declaró a esta periodista que como grupo étnico, ellas son fruto de una migración basada en acuerdos entre ambos países por los cuales se contrataron haitianos para el tiro y corte de la caña.

"Somos fruto de esta realidad y con el objetivo muy específico de trabajar en las plantaciones de caña, dijo Dolis.

Así surgió Mudha como grupo de mujeres hijas y

nietas de haitianos que llegaron a la República Dominicana. "Estas mujeres llegaron acompañando a los braceros que venían a trabajar para el Estado.

No disponían de medios para hacer otra cosa que trabajar la caña y ser reproductoras de nuevos braceros."

Dolis reclamó que hasta hoy no pasó nada, "sigue sin valorarse el aporte haitiano a la economía dominicana y cuando se reclaman derechos, pueden ser deportados por este país aún en ese tiempo, porque la cédula es dominicana, pero para las autoridades uno sigue siendo haitiano."

En el CCDH – Centro Cultural Dominico-Haitiano, a los hombres les daban sus fichas, pero a las mujeres no. Cuando se empieza a hablar de derechos, entonces se suscitan los problemas, dice Liliana con conocimiento de causa.

Hay voces que empiezan a plantear que es una invasión pacífica del país vecino.

La dirigente de Mudha responde a esas voces diciéndoles que si no fuera Haití pobre, nada de esto estuviera sucediendo, porque no les importaría tener invasores ricos.

Dolis explica que había una cláusula en los contratos originales del gobierno que a los braceros se les daba una vivienda donde dormir que estaría habilitada con una cama de colchón.

Sin embargo, lo que le daban al trabajador era un saco de henequén, un machete y transporte desde y hacia los cañaverales, dotándolos de una residencia temporal y de una cédula.

Al cabo de seis meses, había que preparar las tierras, cortar la semilla, regar abono y desyerbar la caña. Esto ha sido por muchos años así. Los hacendados también trataban de contratar a muchos con cédulas de cartón.

La CEA –Consejo Estatal del Azúcar- exigía que había que tener cédula o permiso de trabajo.

"Había dos excepciones, señaló la defensora de los derechos de descendientes de haitianos, los hijos de diplomáticos y personas que están en tránsito. Esto empezó desde los años 30."

Los temporeros tuvieron hijos hasta la tercera generación y aún son ciudadanos en tránsito, se queja la dirigente de Mudha.

"Hasta hoy, añadió, se aplica una desnacionalización retroactiva. Pero esto va en contra del derecho internacional porque no puede haber una ley de aplicación retroactiva para afectar a las personas, solo para beneficiarlas."

Siany Jeans Yudée es del Batey Copellito, San José de los Llanos, provincia de San Pedro de Macorís. Logró estudiar derecho en la Universidad Tecnológica (UTE). Fue a la Junta Central Electoral a solicitar un acta de nacimiento para poder ejercer su carrera y entró en vigor la nefasta Resolución 12. En el 2007, fue a la JCE, la atendió el oficial Castillo, pero le plantearon que el problema es que sus ancestros hicieron mal las cosas. Eso le provocó una depresión y decidió ir a la prensa.

Fue a la TV, la periodista conocía a Sonia Pierre – defensora de derechos humanos de los descendientes de haitianos, fallecida en 2011.

Volvió a solicitar el acta de nacimiento ante la Junta porque la necesitaba para juramentarse como abogada. Después tenía que conseguir otra copia.

La Junta Central Electoral (JCE) estaba burlándose, no pudo ir en esa oportunidad y todavía el problema sigue.

En estos casos, una resolución tiene más poder que una ley, refiriéndose a la Resolución 12 de la JCE que es la que dispone la desnacionalización retroactiva, porque se considera que, al igual que los padres haitianos, todos sus descendientes son personas en tránsito y por lo tanto no tienen derecho a nacionalizarse dominicanos.

El artículo 18-11 dice que son dominicanos los que ya tienen esa condición.

Lidia Adames, por ejemplo, es del Batey Lechería en Villa Altagracia, donde vivió Sonia Pierre.

Lidia fue a la oficialía (registro civil) en busca de un acta actualizada de su nacimiento. Ella incluso había sacado su pasaporte en 2009. "Yo quería hacer un viaje, voy a buscar la cédula, pero me dicen que no podía viajar porque la ley que permitía eso ya no existe. Cuando finalmente Mudha resolvió que le entregaran el acta, ya no podía viajar."

Dilsia Luis Adame es de Ovillos de Yamasá, pero se crió en un batey llamado Lechería en Villa Altagracia. A los siete años, sus padres la inscribieron en la escuela −por lo que se deduce tenían cédula y todos sus documentos en regla y terminó cuarto nivel de bachillerato.

Terminó en 2007 y en ese año se inscribió en la Universidad. Fue al liceo donde terminó el bachillerato para pedir un acta original de nacimiento y le dijeron que no se la podían dar porque ella es haitiana y sus padres también.

Ella se dirigió a Mudha, donde le indicaron fuera a la oficialía, pero cuando llega allí le dicen que ella tiene cédula y no puede tenerla por la resolución 12 y se la niegan.

Margarita, Gloria y Yeny Sentimé son tres hermanas criadas en el Batey Lechería de Villa Altagracia. Margarita dijo haber ido a la oficialía en 2008 y ahora en 2011.

Allí la buscaron en el folio y donde decía que sus padres eran haitianos, había un borrón y dijeron que de todas formas, el nombre era haitiano. Ellos le entregaron un papel y le dijeron que fuera a la oficialía y allí le dijeron que no podían entregarle el documento.

"Yo estaba muerta en vida al ver que uno no tiene derechos", exclamó Margarita.

En el 2011 fue a buscar ese documento, dice Sentimé, y le dijeron que no aparecía y que debían investigar.

Decían en la JCE que había 457 expedientes de Mudha, pero en realidad eran 1,300 casos de desnacionalización.

La Suprema Corte de Justicia ratificó la Resolución 12.

Gloria, la mayor de las Sentimé, es promotora de Mudha. Contó que su padre Eliseo Sentimé, a quien le dieron cédula cuando vino en contrato de trabajo, en la década del 60, inscribió a sus seis hijos como dominicanos.

Al ir a inscribir al más pequeño de Yeny, sin embargo, se negaron y obligaron a llevar las cédulas de la madre y el padre.

Otra miembro de Mudha, Altagracia Jean Joseph ha perdido cinco años sin poder hacer estudios superiores por la Resolución 12.

Relata que nació en una burbuja, pensando que todos los seres humanos son iguales en derecho. "En esa convicción crecimos, dice, lo que nos daba fuerza para enfrentar las burlas y el escarnio de muchos de nuestros congéneres."

"En el 2006 me gradué de bachillerato, me dan una fecha para ir a recoger la certificación y tres meses después me dicen que debo ir a San Pedro de Macorís, ciudad al este de Santo Domingo, y aunque no era su culpa, tuve que desplazarme hasta esa provincia desde la capital, estaba obligada a ir y perdí el trabajo que tenía."

Al negársele en la oficialía de Bueymate el documento solicitado, Altagracia maldijo toda esa burocracia y disposiciones que impidieron su entrada a la Universidad.

Además, añade Altagracia, "no es fácil soportar el escarnio con que dijeron no venga aquí hablando bonito que ya todos los hijos de haitianos son haitianos también."

Pero en realidad, exclamó Altagracia dolida," los nacidos en Dominicana no somos de aquí ni de allá."

EL CASO DEL PROFESOR DESAPARECIDO

Aún después de derrocada la dictadura de Rafael Leónidas Trujillo el 30 de mayo de 1961, siguió la represión contra los que expresaban ideas progresistas contrarias a los estratos de poder. Uno de los muchos casos de muertes extrajudiciales fue el siguiente.

Entre esas voces dignas figuró el profesor universitario Narciso González Medina, cuyos familiares y amigos no han cesado de insistir en mantener abierto el caso por su desaparición el 26 de mayo de 1994, envuelto en un misterio con marcados ribetes políticos.

El caso que fue objeto de análisis en la Corte Internacional de Derechos Humanos que sesionó en San José, Costa Rica, resultó en un dictamen acusatorio del gobierno dominicano que no había logrado entonces ni a esta fecha, poder aclarar ni actuar contra los responsables de esa ejecución extrajudicial.

Casi dos décadas después, la desaparición de Narcisazo, como se le conocía entre familiares y amigos, el crimen está impune.

González era una figura muy conocida en la Universidad Autónoma de Santo Domingo (UASD), en donde fue catedrático de la facultad de Humanidades y en la cual estuvo siempre haciendo vida diaria y participando, desde muy joven, en movimientos revolucionarios.

Su desaparición se produjo justo un día después que, en una asamblea de profesores de la UASD, hiciera fuertes críticas al entonces Presidente Joaquín Balaguer y a jefes militares y otros funcionarios de su entorno.

En ese momento había tensión política en el país, luego de denuncias de fraude en las elecciones celebradas 10 días antes.

En su discurso, Narciso acusó a funcionarios civiles y militares de ser los "corresponsables y beneficiarios" del fraude electoral, y exigió a las autoridades y profesores de la UASD "una actitud de compromiso con los intereses del pueblo".

Días antes, el profesor había publicado en la revista "La Muralla", un artículo titulado "Diez pruebas que demuestran que Balaguer es lo más perverso que ha surgido en América".

En esa publicación definió al entonces gobernante como "asesino, delincuente, inmoral, maquiavélico, miserable, cínico, dañino, corrupto, alevoso, servil y pervertidor".

Al momento de su desaparición, en la noche del 26 de mayo a la salida de un cine, Narciso, de 52 años, estaba casado con la profesora Luz Altagracia Ramírez González, con la cual había procreado cuatro hijos: Amaury, Ernesto, Rhina y Jennie.

El 28 de mayo del 1994, dos días después, la esposa dio parte de la desaparición a la Policía, la cual junto a familiares y amigos de Narciso visitaron hospitales, clínicas, recintos policiales, cárceles, parques, el hipódromo Perla Antillana, la UASD y otros lugares, sin obtener resultados positivos.

Entonces, surgió la versión de que Narciso había

sido secuestrado por militares. Ni los familiares del desaparecido ni la Policía han precisado nunca de dónde provino la misma. Han dicho y sostienen que la desaparición de éste fue una consecuencia del discurso y el artículo.

Aseveraron por radio y televisión personas de reconocida trayectoria pública que Narciso fue detenido y llevado a la Secretaría de las Fuerzas Armadas donde fue torturado y posteriormente trasladado a una unidad de la Policía Nacional que se negó a recibirlo.

De ahí trasladaron al profesor al Palacio de la Policía Nacional, donde tampoco lo reciben en razón del deterioro físico en que se encontraba, siendo durante el retorno cuando se produce su deceso, siempre conforme al testimonio de la fuente antes señalada.

Debido a la resonancia que tuvo la noticia sobre la desaparición del profesor Narciso González y ante el cúmulo de especulaciones que se hacían respecto a este hecho, la Policía Nacional designó una comisión especial para investigarlo.

Sin embargo, dicha comisión no llegó a conclusiones que explicaran la desaparición de Narciso.

El escándalo que rodeó el Caso de Narcisazo coincidió con el estado de agitación que se vivió en el país, y que dió origen en el 1996 al acortamiento del mandato de Balaguer a dos años.

ELSY FORS

ECONOMÍA

ELSY FORS

AMARGO PERO DULCE, EL FIN DE AÑO

Las fiestas de fin de año para los dominicanos son como el carnaval o la campaña electoral, tiempo de celebración desde la mitad de diciembre hasta mediados de enero. Esta es la época del año en que algunos empleados, poco más de la cuarta parte, recibirá el salario 13 o aguinaldo, que permitirá a la mayoría dedicar parte de esos ingresos a pagar deudas.

Los reclamos masivos al gobierno de destinar más recursos para la educación y la suspensión del alza del 11 por ciento en la tarifa eléctrica, tampoco tendrán oídos receptivos antes de finalizar 2010.

El Tribunal Superior Administrativo se declaró competente para conocer un amparo para detener el conocimiento del presupuesto de la nación en el Congreso porque no cumple con la Ley de Educación que establece una asignación del 4 por ciento del PIB a ese sector.

En la encuesta diseñada y realizada por la firma Gallup República Dominicana para el periódico Hoy, durante los días 25 al 30 de noviembre, mostró que el 89 por ciento de los entrevistados piensa que las fiestas ahora no son como las realizadas cinco a diez años atrás, a pesar del crecimiento sostenido de la macroeconomía.

Contrario a lo que puede creerse, solo el 29 por ciento de los ciudadanos recibe el sueldo 13 o algún dinero extra durante estos días.

La mitad de estos ingresos adicionales irá a pagar deudas, mientras otros los destinarán a financiar la cena de navidad, a reparar o pintar la vivienda, comprarse algo de ropa nueva para esperar el Año Nuevo o efectos electrodomésticos.

Entrevistado sobre el informe para el Desarrollo Estratégico de la República Dominicana que él dirigió, el economista francés Jacques Attali dijo que el Producto Interno Bruto del país ha crecido muy bien en los últimos 40 años, a un promedio de 5.5 por ciento.

Sin embargo, lo que para él es incomprensible es que el nivel de pobreza ni el desempleo hayan bajado y que siga la riqueza concentrada en pocas manos. El índice de pobreza es del 37 por ciento, con 11 por ciento de indigencia.

Attali dijo que la sociedad se ha volcado a un individualismo social que no confía en el estado ni en las instituciones.

El experto calificó de catastrófica la crisis eléctrica en el país.

No es de extrañar entonces que ocho de cada 10 dominicanos afirmen que las cosas le van mal.

Consejos y recomendaciones no le han faltado al gobierno del presidente Leonel Fernández.

Tanto Attali como la Secretaria Permanente de la CEPAL, Alicia Bárcena recomendaron al gobierno dominicano invertir más en educación, sector vital para formar a profesionales con el nivel necesario para competir en el mercado mundial.

El pacto social propuesto por Attali o el pacto fiscal al que hizo referencia la secretaria de CEPAL son inaplazables si el gobierno dominicano no quiere que la masiva muestra de desobediencia civil a favor de más recursos para la educación se extienda a otros sectores y se radicalice en contra del gobierno.

La encuesta también arrojó que el 11 por ciento cree que el gobierno no resuelve los problemas de la población.

CRECIMIENTO SIN EQUIDAD

Cifras oficiales afirman que la economía dominicana creció en 2010 por encima del promedio proyectado para América Latina, pero el 80 por ciento de la población dice que le fue peor.

La macroeconomía tiene esos contrastes, que 7.8 por ciento puede ser una alta tasa de crecimiento y sin embargo, por la desigual distribución de la renta y la baja inversión en programas sociales, los que sienten la mejoría son los inversionistas extranjeros, los acreedores, el sector privado y la estructura de gobierno, pero no los asalariados.

En los últimos seis años, el índice de pobreza bajó el 10 por ciento, para situarse actualmente en el 33.2 por ciento, pero la inversión en educación y salud pública ha sido insuficiente, hasta el punto de ser considerada República Dominicana entre los países de más bajo nivel de América Latina en esos indicadores.

Y como lo demuestra la aplicación del modelo neoliberal, junto con el crecimiento económico aumenta la deuda social.

En un documento publicado en el portal del Banco Central dominicano, se señala que todas las actividades económicas que conforman el Producto Interno Bruto registran tasas positivas, impulsando un crecimiento que ha repercutido favorablemente en el nivel de empleo, con la creación de 160 mil nuevos puestos de trabajo en 2010.

Sin embargo, con el bajo nivel de calificación promedio de los trabajadores en el país, la mayoría del empleo creado no es el de más alta productividad ni ha logrado reducir significativamente la tasa de desocupación que es del 14 por ciento.

El índice de precios al consumidor o tasa de inflación no puede decirse que es alta, entre 5 y 6 por ciento, pero unido a los bajos salarios, se ha deteriorado el poder adquisitivo del peso, que sigue el destino del dólar estadounidense.

El sector energético es uno de los que más recursos exige y es de los más ineficientes, con alzas en sus tarifas que no se justifican con el mal servicio que prestan, afectando zonas residenciales y pequeñas y medianas empresas con largas interrupciones de la electricidad.

Las exportaciones han crecido en 18.6 por ciento hasta mil 27.5 millones de dólares, pero todavía compuestas en su mayoría por materias primas y agrícolas de bajo valor añadido, mientras las importaciones aumentan este año 20.2 por ciento sobre todo en la factura petrolera.

El propio Banco Central reconoce que lograr que el crecimiento económico tenga un efecto de derrame redistributivo hacia los sectores más desposeídos de la población, es tarea de las políticas sociales.

EL PESO DOMINICANO NO TIENE VUELTO

Un adagio popular en la vecina Cuba dice que el centavo no tiene vuelto, pero en la República Dominicana, aunque el Banco Central afirme lo contrario, literalmente el peso no tiene moneda fraccionaria.

La divisa nacional es el peso de la República Dominicana (peso). 1 peso equivale a 100 centavos. Se emiten billetes de 2000, 1000, 500, 100, 50, 20, 10, 5 y 1 peso, y fracciones de 50, 25, 10, 5 y 1 centavo, pero estas últimas en tiempos recientes son como virtuales.

Cada vez más los establecimientos y los propios bancos no tienen en cuenta a los miembros más humildes de la circulación monetaria. Ya ningún producto ni servicio tiene un valor menor de un peso.

Incluso los pesos nadie, excepto quizás niños y ancianos de escasos recursos, los recoge cuando se caen al piso, porque todo, hasta la más barata y abundante de las frutas –el guineo o plátano fruta–cuesta como mínimo cinco pesos la unidad.

Ahora la cadena de supermercados Bravo anunció a sus clientes que no se les cobrará los centavos que aparecen en el total de sus compras.

Esta estrategia empezó a aplicarse el primero de septiembre de 2010 y tiene hasta su propio lema "Nos declaramos cero en centavos".

Rafa Monastina, director general de la cadena,

afirmó con convicción que los precios que saldrán en los anuncios de periódicos, radio y televisión no llevarán centavos, así como en las estanterías de los supermercados.

La medida, dijo, hará más rápida la liquidación en las cajas, y facilita el cuadre de sus operaciones a las cajeras.

Los consumidores dominicanos, sin embargo, pudieron apreciar lo mucho que han perdido con el menudo que nunca les devolvieron en los establecimientos de comercio y servicios, porque según se informó esta "calderilla" asciende a un monto de 20 millones de dólares al año.

La Fundación por los Derechos del Consumidor (Fundecom) hizo un cálculo que, tomando el total de población económicamente activa del país, 4.3 millones de personas, y atribuyéndole un mínimo de 0.50 centavos de peso dominicano que no se les devuelve, esto arrojaría un monto diario de 2.1 millones de pesos (unos 60 mil dólares).

El comercio y los servicios han acostumbrado a sus clientes que el menudo no existe, aunque aparezca en las cuentas de los establecimientos. De ahí que los consumidores no reclamen el vuelto en sus pagos.

El menudo que, según Fundecom, las tiendas y los servicios no buscan en el Banco Central, existe y en cantidades suficientes de las denominaciones de 10, 15, 25 y de 50 centavos.

La encargada del departamento de Planificación y Proyectos de Fundecom, Carmen Rosa Soto, recordó que el artículo 229 de la nueva Constitución establece que la unidad monetaria nacional es el peso, con sus consiguientes monedas fraccionarias.

La experta critica a las administraciones de expendios que usan los caramelos, chicles y otras confituras para compensar a los consumidores por el vuelto que no reciben de sus compras.

Fundecom lanzó una campaña en 2009, en la cual recordaba a los consumidores sus derechos y los exhortaba a reclamar su menudo, que no los hacía miserables, sino responsables.

Ese menudo que queda en las cajas de los establecimientos no se declara al Estado ni paga impuestos, pero tampoco genera intereses para quienes no lo reclamaron, dijo Carmen Rosa Soto.

LA LUZ DIVIDIDA

El servicio público más criticado por empresas y residentes en República Dominicana es el de la electricidad. Expertos locales coinciden en que el sector energético es el principal cuello de botella para el crecimiento económico del país.

Esta rama económica se dirime en un círculo vicioso de apagones intermitentes, algunos tan prolongados como de ocho a diez horas. A esto se unen altos costos operativos de las compañías de distribución (estatales), grandes pérdidas por el robo de electricidad mediante conexiones ilegales y el impago de grandes consumidores.

Para cubrir estas ineficiencias, el gobierno opta por subir las tarifas minoristas, en tanto son bajas las tasas de cobro del servicio. Las empresas generadoras (privadas) se exceden en el precio de la energía que venden al Estado, lo que obliga al país a pagar altos subsidios directos e indirectos.

Los pequeños negocios y los clientes residenciales de mayores ingresos también se ven afectados por depender de inversores de corriente directa en alterna, con el uso de baterías, que elevan el costo de la energía que consumen.

Algunas fuentes señalan que del consumo industrial de electricidad, el 60 por ciento es autogenerado, lo cual afecta su competitividad por los altos costos del consumo energético.

Según el Banco Mundial, la revitalización de la

economía dominicana depende en gran medida de una importante reforma del sector.

La generación de electricidad está dominada por plantas térmicas que funcionan en su mayoría con petróleo o gas importados. El balance energético del país a finales de 2009, era 92.6 por ciento alimentado por fósiles, el 7 por ciento de plantas hidroeléctricas y el 0.4 por ciento de otras fuentes.

En 2012, se estimaba la generación de electricidad en 14,58 miles de millones kW. Los planes de expansión incluyen campos de energía eólica.

Por otra parte, desde inicios de los años 90 del siglo pasado, la demanda de electricidad aumentó en un promedio anual del 10 por ciento desde 1992 hasta el 2003 y del seis por ciento en la actualidad.

El servicio eléctrico cubre el 88 por ciento de la población, aunque se estima que el 8 por ciento son conexiones ilegales. Los planes del gobierno tienen una meta de cobertura del 95 por ciento para el 2015.

En cuanto a la calidad del servicio, se califica de baja por los cortes eléctricos frecuentes, conexiones ilegales, inversiones inadecuadas en rehabilitación de redes de transmisión y distribución, así como por grandes y frecuentes fluctuaciones de voltaje.

En cuanto a la política oficial, se creó una Comisión Nacional de Energía (CNE) cuyo principal objetivo es elaborar un Plan Nacional de Energía. En 2004 se fijaron las directrices de esta actividad hasta 2015.

La Superintendencia de Electricidad es el ente regulador, mientras que el Organismo Coordinador maneja el despacho de electricidad. La Corporación

Dominicana de Empresas Eléctricas Estatales es un conglomerado de empresas que distribuye la electricidad por distintas regiones del país.

Sin embargo, el 86 por ciento de la generación de electricidad está en manos de empresas privadas y el 14 por ciento son públicas, razón por la cual las compañías privadas controlan la energía que mueve al país.

La tarifa eléctrica dominicana se encuentra entre las más altas de América Latina y El Caribe, ya que la generación de la misma depende de combustibles importados y el alto costo de las operaciones de las empresas de distribución reduce su nivel de competitividad.

Precedido por una oleada de dudas y negaciones, finalmente se concretó la venta del 49 por ciento de las acciones de la Refinería Dominicana de Petróleo (Refidomsa), a un costo de US$133.5 millones.

La venta de las acciones se realizó con la visita presidente venezolano, Hugo Chávez, quien hizo su último viaje oficial al país y aseguró que con ese paso se contribuía a que República Dominicana "logre su soberanía energética".

Chávez manifestó en aquella ocasión que con esa transacción, el gobierno dominicano lograría librarse de los intermediarios a los que se les atribuye incrementar los precios de los combustibles.

No obstante, el Ministerio de Industria y Comercio dominicano sigue fijando los viernes las cotizaciones de los combustibles que regirán en la semana siguiente, según el movimiento de los precios en el mercado mundial y no por el que cobra Venezuela por los 50 mil litros diarios que exporta a este país.

OJALÁ QUE LLUEVA CAFÉ DOMINICANO

La taza coronada de humo que levanta a los dominicanos por las mañanas, insuflándoles la energía que les permita enfrentar con brío los desafíos cotidianos, puede venir desde el cercano Haití o el lejano Vietnam.

Un informe del Consejo Dominicano del Café (Codocafé) dice que la producción del año cafetero 2010-2011 fue de 500 mil sacos (quintales) y se exportaron 110 mil sacos de café oro por un valor de 25.4 millones de dólares.

Esto significó sensibles incrementos en la cosecha (42 por ciento) y en las ventas externas (61 por ciento), respectivamente.

El consumo nacional, sin embargo, anda cerca del medio millón de quintales, por lo que el 80 por ciento de la producción se dedica al mercado interno y el 20 por ciento a la exportación.

Como la producción queda corta para cubrir el consumo doméstico, es preciso importar unos 200 mil quintales o sacos anuales para exportar el propio, que ha ido ganando mercado en Europa y en Estados Unidos.

Dominicana ocupaba el lugar 28 entre los principales productores del grano en el mundo y ascendió al 25 gracias al incremento de la producción.

También el alza del precio internacional ha sido

uno de los factores que ha favorecido al sector, además de un fondo de 19.4 millones de dólares, la entrega de millones de plantas para apoyar el fomento del cultivo, la renovación, mantenimiento y rehabilitación de plantaciones.

El café orgánico tipo arábico cultivado principalmente en la reserva de la biosfera Azua-Barahona-Polo, al oeste del país, es la joya de la corona. Por eso allí se celebra todos los años el Festival del Café, para marcar el Día Mundial del Medioambiente.

CORRUPCIÓN, EL SACO SIN FONDO

La corrupción le cuesta al Estado dominicano unos dos mil 631 millones de dólares anuales, lo que representa la quinta parte del presupuesto nacional. Guillermo Moreno, candidato presidencial por el partido Alianza País citó cifras de un estudio realizado por la organización social Participación Ciudadana en el período 1983-2011.

La investigación expone la impunidad de estos delitos en el lapso de 28 años, cuando de 286 casos documentados, solo seis concluyeron en juicio para los implicados. De estos, en cinco procesos los implicados fueron hallados inocentes y en el sexto hubo condena, pero el acusado fue indultado.

La impunidad es el gran aliado de la corrupción dijo el ex fiscal.

En los últimos diez años, las pérdidas superan los 20 mil millones de dólares, señaló Moreno quien aseguró que de ganar la presidencia de la nación ningún acto de corrupción quedará impune.

Otro candidato presidencial, Miguel Soto Jiménez del partido V República, afirmó que la actividad del narcotráfico y sus delitos colaterales se sustentan en la debilidad de las instituciones y en los funcionarios responsables de poner freno al crimen organizado.

El ex jefe de las fuerzas armadas dominicanas

opinó que para detener a la delincuencia no es preciso depurar el ejército y la policía porque no se trata de hechos fortuitos.

Para enfrentar la corrupción administrativa, dijo el político, es preciso dejar de ver el Estado como un "botín" o vía de compensación a los que contribuyeron a su campaña.

Y es que precisamente por la impunidad de este delito, tres son los caminos más rápidos hacia la obtención de una fortuna: alcanzar un cargo público, ser narcotraficante o sicario, según el grado de escolaridad que haya alcanzado.

No cabe mencionar las vías lícitas para sentirse realizado y con dinero suficiente para vivir cómodamente, como destacarse en los deportes, ganar la lotería o alcanzar la excelencia en los estudios.

Para Justo Pedro Castellanos, quien habló representando a Dominicana en un evento del Centro Latinoamericano de Administración para el Desarrollo (CLAD), el problema no es que se produzcan hechos de corrupción, sino que haya un sistema que permita y promueva esos delitos.

La existencia de esas estructuras no es ingenua ni casual, sino que por el contrario, las mismas son bien estructuradas, funcionan anacrónicamente en detrimento de los intereses colectivos, pero en perfecta armonía con los intereses de individuos y grupos bien relacionados, que usan al Estado como fuente rica, provechosa, de fácil enriquecimiento y de poder.

SICARIATO, DERIVACIÓN VIOLENTA

La fuerza y terreno ganados por el sicariato, sin duda convertido en una industria criminal, obligan al Congreso Nacional a buscar cuanto antes una forma de tipificar el delito que permita a la justicia aplicar las sanciones de rigor contra los implicados de estos crímenes, muchas veces dirigidos desde las cárceles.

Muchos dominicanos pensaron que con el fin de la dictadura de Rafael Leónidas Trujillo, desaparecerían los sicarios, pero el caudillismo y la corrupción siguieron nutriendo su derivación más violenta. El jurista Trajano Vidal Potentini, presidente de la Fundación Justicia y Transparencia (FJT) dijo que la lucha contra la delincuencia va más allá de la modificación del Código Procesal Penal.

Vidal señaló que abordar la problemática de la seguridad pública supone reconocer que las principales causas que originan la delincuencia surge de factores económicos y sociales, como el desempleo, la desigualdad social, la falta de oportunidades.

Asimismo identificó la pobreza, los niveles bajos de educación, el consumo de drogas y la corrupción administrativa entre las causas.

El narcotráfico es la principal fuente de empleo criminal y una vez que penetra los estamentos de poder del gobierno e instituciones armadas, se hace más temible, señala el Blogdominicano.com.

El sicariato es el brazo de eliminación de pruebas en los procesos judiciales que se instrumentan, pero los jueces también son víctimas ellos y sus familias, de la intimidación.

La falta de un instrumento legal para sancionar a los sicarios e implicados en el crimen organizado impide que estos y los autores intelectuales de homicidios cometidos por encargo sean juzgados.

La violencia necesita armas

En el mundo hay un arma ligera por cada 10 personas y cada minuto muere una persona por un disparo.

En la República Dominicana, se estimaba en el año 2000 que había unas 200 mil armas de fuego en manos de civiles, o lo que equivale a una por cada 50 personas. De esta cifra solo 25 mil tenían propietarios reconocidos.

En el primer semestre del año 2011, los hechos de violencia y criminalidad arrancaron la vida a unas mil 260 personas y provocado heridas y lesiones permanentes a más de dos mil, según datos oficiales.

La cifra de muertes violentas es superior en 56 a los registros del mismo período del año 2010. Unas 35 personas han sido víctimas de balas perdidas o cruzadas entre narcotraficantes y policías, según partes policiales.

Pero las muertes también se han producido por la violencia familiar y de género, que en este año ha provocado 112 feminicidios.

Aunque desde octubre de 1965 existe una ley, la no.36, que regula lo relacionado con las armas de fuego y en septiembre de 2004 se logró introducirle algunas modificaciones, todo proyecto para restringir de alguna manera el porte y tenencia de armas ha sido engavetado.

Aunque se ha prohibido la importación de armas de fuego, Agentes de la Dirección General de Aduanas incautaron en Boca Chica, al sur de Santo Domingo, 131 cajas de proyectiles con un total de siete mil 900 municiones de diferentes marcas para armas de calibre nueve milímetros.

La carga estaba en un contenedor consignado a la compañía Sandy Cargo Express, procedente de Miami, Florida.

No obstante la prohibición de importar armas, hay 57 armerías autorizadas a vender las mismas en el territorio nacional.

TURISMO: LA JOYA DE LA CORONA

Desde Montecristi hasta Punta Cana por la costa Atlántica y de Pedernales hasta Isla Saona, bañada en el sur por el Mar Caribe, la República Dominicana encierra una exuberante naturaleza, atractiva a cualquier visitante.

Si a los paisajes, el sol y las playas se añaden 500 años de historia y tradiciones culturales, la hospitalidad y amabilidad de sus habitantes, que parecieran puestos ahí para guiar y ayudar al turista, entonces el disfrute es completo.

El turismo como industria, sin embargo, tuvo un despertar tardío, ya que solo empezó a impactar la economía nacional después de ajusticiado el dictador Rafael Leónidas Trujillo en 1961 y de la ocupación militar de Estados Unidos en 1965.

La década de 1970 empezó a ver el incremento de la planta hotelera con inversiones de las grandes cadenas mundiales, sobre todo españolas y norteamericanas, en el desarrollo de los servicios.

De acuerdo con el Ministro del Turismo, Francisco Javier García, en 2011 el país superaría la cifra de cuatro millones 125 mil visitantes alcanzada en 2010, cuando se generaron más de US$4,000 millones de ingresos en divisas.

Apenas hace 10 años, en 2001, la República Dominicana fue visitada por más de dos millones de personas, la mitad de los turistas que arriban hoy por aire y mar. En cuanto a los ingresos que en 2001 generó esta rama, de 2,103 millones de dólares, ahora también se duplican.

Las autoridades turísticas enfocan actualmente más agresivamente el mercado estadounidense, donde viven 1.4 millones de dominicanos, que representaron en 2010 más del 10.43 por ciento de las visitas recibidas desde el exterior.

El turismo del país se ha convertido en la industria primaria de ingresos económicos para la nación y sus principales provincias, dedicadas a dicha actividad industrial. El país ofrece una amplia opción de comodidades en la ciudad, en la montaña y en los hoteles de las costas playeras.

Siguiendo la tendencia mundial que busca turismo de naturaleza, hay montañas, saltos de agua espectaculares, un funicular en Puerto Plata, senderismo, contemplación de flora y fauna, incluyendo aquellas especies que migran hacia Dominicana como las ballenas jorobadas y un sinnúmero de aves que bajan a la calidez del Caribe cuando hay frío y nieve en sus países de origen.

Según cifras oficiales, en 2010 visitaron el país 181,600 turistas procedentes de Alemania, superando en 1.38% los visitantes procedentes de este país en 2009.

Entre expertos, empresarios y oficiales, prevalece el convencimiento que éste es el sector con más potencial para impulsar el desarrollo del país.

El gobierno está empeñado en eliminar todo lo que represente trabas para la inversión privada en el área turística, planteándose la creación de una "ventanilla única" que garantice que ningún proyecto se detenga porque se le hagan difíciles los trámites.

Se propone establecer que un permiso para la instalación de un hotel sea emitido en 30 días.

La idea es que ninguna inversión turística sea parada por "capricho" o por rezagos en la emisión de un permiso.

La República Dominicana es uno de los principales lugares vacacionales para los países del continente europeo, Estados Unidos y Canadá y también de los países de Sudamérica.

Esto se debe a que la isla posee una rica historia y cultura única, además de una población acogedora y amable. Asimismo la adornan estupendas playas y por su clima tropical y variado.

Las principales zonas de actividad turística en el país son las regiones del Este, Norte, Santo Domingo y Barahona, pero se ha registrado un incremento en zonas del interior, con muchas excursiones a pie, a caballo o en bicicleta a través de las montañas y los campos.

FMI: AMISTAD PELIGROSA

Un matrimonio, sobre todo si es de conveniencia, siempre es peligroso para el cónyuge más débil y eso es lo que sucedió entre el Fondo Monetario Internacional y la República Dominicana.

El 7 de octubre de 2009, el FMI y República Dominicana suscribieron un acuerdo tipo stand-by por un monto de US$1.740 millones en un plazo de 28 meses, de los cuales US$500 millones no fueron desembolsados porque el gobierno dominicano rechazó aumentar la tarifa eléctrica como pedía el organismo.

Por la parte dominicana siempre se cumplieron las exigencias del organismo financiero internacional. Pero llegó un momento definitorio para el gobierno dominicano, si cumplir una orden del Fondo de aumentar la tarifa eléctrica que había sido incrementada poco tiempo atrás en 11 por ciento, hasta el 18 por ciento, o poner en peligro el triunfo electoral por el descontento popular ya incentivado debido al alza de los combustibles y productos de primera necesidad.

Al asumir la presidencia Danilo Medina, en agosto de 2012, se habló de enmendar las diferencias con el FMI. Una misión del Fondo visitó Santo Domingo en noviembre de ese año, para sostener consultas con el Presidente, miembros del gabinete económico, funcionarios y del Banco Central, así como representantes del sector privado y dirigentes sindicales.

La misión encabezada por Przemek Gajdeczka, llegó a la conclusión que "en los últimos 24 meses, el desempeño económico se ha debilitado. Después de alcanzar el 7.8 por ciento en 2010, el crecimiento económico se desaceleró a 4.5 por ciento en 2011 y se espera que permanezca por debajo del 4 por ciento en 2012.

Aunque el índice de inflación se mantuvo por debajo de las previsiones del Banco Central, la implementación de políticas se ha deteriorado. El déficit fiscal aumentó significativamente en 2012, según economistas locales atribuyeron a que se aceleró la terminación de obras pendientes de entrega en el término de mandato del presidente Leonel Fernández.

Según el Fondo, más preocupado porque se pague deudas por subsidios a las generadoras extranjeras de electricidad que a los servicios sociales, víctimas habituales de los recortes propuestos al presupuesto, la recaudación fiscal de impuestos fue baja, mientras el gasto público primario aumentó casi 40 por ciento, lo que provocó que el déficit público consolidado para finales de 2012, se proyectó en 8,5 por ciento del Producto Interno Bruto, casi el doble del nivel de 2011.

Además, una gran proporción del gasto público se ejecutó por encima de las apropiaciones presupuestarias correspondientes, reduciendo así la transparencia de las operaciones presupuestarias. La deuda pública total proyectada llegará a 44 por ciento del PIB en 2012, en comparación con el 35 por ciento del PIB en 2007-08.

Después de advertir que el sector externo de la economía se mantiene vulnerable, el Fondo puso otro obstáculo a la adquisición de créditos externos por el país, que muchas veces se conceden por la apreciación del Fondo y del Banco Mundial, el ranking crediticio que estos organismos otorguen al país miembro.

Por las mismas razones, las entradas netas de capital también tendrán tendencia a la baja en 2013, según el reporte del FMI. Las reservas internacionales bajaron en casi mil millones de dólares en 2012, comparado con el 2011.

Aunque el Fondo diagnostica como saludable el sector financiero dominicano, advierte que en 2012, los préstamos en moneda extranjera aumentaron, el crédito al sector privado se desaceleró y la exposición de los bancos al sector público aumentó sustancialmente.

Aquí es donde el Fondo deja su tarea de diagnóstico para adentrarse en sus recomendaciones o recetas impuestas a los países que analiza a cambio de reanudar su confianza y la de los acreedores. De lo contrario, baja el ranking crediticio del Estado en problemas financieros y no obtiene préstamos en el mercado internacional.

En opinión del Fondo, la República Dominicana debe reducir el déficit fiscal y la vulnerabilidad externa, mediante la reducción de la deuda pública respecto del PIB, para lo cual la reforma tributaria aprobada recientemente es un paso en esa dirección, según sus especialistas.

Otra receta es aplicar una política monetaria estricta y fortalecer sus reservas internacionales de divisas. Pero un aspecto muy importante en sus recomendaciones es reformar el sector eléctrico que, como muchos economistas coinciden, está en situación crítica y se necesita una infraestructura estable para el desarrollo del sector privado, lo que implicaría dejar la propiedad estatal fuera de este servicio básico.

Para quedar bien con Dios y con el diablo, la Misión del FMI apoya la intención de las autoridades para lanzar nuevos programas que reduzcan la pobreza y la desigualdad, disminuir el analfabetismo, mejorar la educación y la salud, así como fortalecer la seguridad y la corrupción.

Pero, lamentablemente, para estas últimas recomendaciones, nunca hay dinero en el presupuesto, aunque en una campaña podrían ganar las elecciones.

"La misión recomendará que la República Dominicana entre al seguimiento posterior al programa (Post-Program Monitoring), dado que el Acuerdo Stand-by de 2009 expiró en marzo de 2012.

En el marco del seguimiento posterior al programa, una misión del FMI visitará la República Dominicana en la primera parte de 2013, concluye la nota del Fondo

La economía de República Dominicana, que el año pasado registró un crecimiento de 3,8%, se desacelerará hasta el 2,2% en 2013, según una proyección del Fondo Monetario Internacional (FMI) dada a conocer en Santo Domingo.

SAQUEO CON GUANTES DE SEDA

La televisión dominicana muestra a menudo una publicidad pagada que promueve las "buenas intenciones" de las compañías mineras Barrick Gold o Falconbridge, pero a diario sus instalaciones son escenario de protestas de sus trabajadores, organizaciones locales, partidos opositores, la iglesia y las autoridades locales denuncian sus desmanes.

Aparte de las demandas de reponer a trabajadores despedidos, grupos ecologistas y autoridades locales han advertido sobre el impacto adverso de la extracción de minerales para la contaminación de las aguas y el medioambiente, así como la deforestación de las zonas de operaciones.

Barrick Gold, aunque se vista de seda....

Seis personas resultaron heridas en choques ocurridos en octubre de 2010, entre trabajadores y la policía por perdigones. Ejecutivos de la canadiense Barrick Gold dijeron desconocer a esas personas.

Fuerzas policiales tomaron el control de los puentes que dan acceso a la empresa minera y dispersaron a los manifestantes con gases lacrimógenos. Desde septiembre, no han cesado las protestas y manifestaciones contra la firma minera.

El alcalde de la ciudad de Cotuí, Rafael Molina Lluberes, exigió que se pararan las operaciones de la compañía Pueblo Viejo Dominicana Corporation (PVDC) propiedad de la Barrick Gold, debido a su negativa a presentar los estudios sobre el impacto ambicntal que tendrá la extracción del mineral en la zona.

El propio alcalde encabezó una manifestación hasta las instalaciones de la mina acompañado de regidores (concejales) de la comunidad, sacerdotes, dirigentes comunitarios y ecologistas que pidieron revisar el contrato de la compañía.

La corporación de nada tenía que preocuparse porque los documentos se producirían debidamente legalizados por un gobierno que consideraba la inversión canadiense como una bendición para las arcas públicas y las de algunos en lo personal.

La minera comenzó la explotación de oro a finales de 2011, logró que el Congreso dominicano modificara el contrato, a fin de ampliar la extensión de la mina y sus beneficios.

Según el nuevo contrato, PVDC comenzaría a pagar utilidades al Estado una vez que haya recuperado su inversión de 3.000 millones de dólares y obtuviera ganancias superiores al 10%.

Molina Lluberes explicó que la licencia no puede ser la misma, ya que PVDC amplió el proyecto y va a mover 24,000 toneladas métricas de tierra por día, contra las 12,000 que los anteriores dueños de Placer Dome pretendían mover.

El gobierno local también reclamó la revisión del contrato para que la compañía pague el cinco por ciento de sus ingresos como impuestos por uso de territorialidad al municipio, como ocurre con otras mineras.

Obreros y autoridades locales temen que cuando la Barrick recupere su inversión y alcance el 10 por ciento de ganancias, deje esas tierras como un paisaje lunar, deforestadas y contaminadas. También piensan que la compañía ha exagerado con la inversión anunciada y que esta sería más bien de 900 millones de dólares.

Desde principios de octubre de 2010, se sucedieron manifestaciones con bloqueo de avenidas y carreteras en la localidad de Maimón, en rechazo al despido de 48 empleados de la minera.

Según Manuel Valerio, dirigente comunitario de Maimón, los despidos están relacionados con la demanda de los empleados a formar sindicatos, en tanto la Barrick alegó que los trabajadores no fueron despedidos, sino que era "un cambio de nómina" en el que fueron transferidos de una empresa subcontratista a otra.

La extracción de oro en la provincia Sánchez Ramírez, a unos 100 kilómetros al norte de Santo Domingo, data de 35 años, cuando se comenzó a desarrollar el proyecto Pueblo Viejo en un yacimiento de metal áureo de clase mundial.

La firma Rosario Dominicana explotó los depósitos hasta su agotamiento en 1999. Más tarde, en una licitación internacional organizada por el Estado dominicano, la empresa Placer Dome adquirió los derechos a esos terrenos en 2001.

Cinco años más tarde, la Barrick Gold adquirió los activos de Placer Dome en todo el mundo y con ellos, la mina de Pueblo Viejo en la República Dominicana. La minera canadiense comparte las acciones con Goldcorp Incorporated en proporción de 60-40 por ciento.

Barrick es la administradora y gestora del proyecto, aunque en ocasiones culpa a empresas subcontratistas de los problemas con los trabajadores.

El Contrato Especial de Arrendamiento de Derechos Mineros (CEAM) de Pueblo Viejo ha sido recientemente enmendado y ratificado por mayoría en ambas cámaras del Congreso de República Dominicana.

Se estima una vida útil de 25 años y cuenta con reservas probadas y probables de 20,4 millones de onzas de oro, 455 millones de libras de cobre y 131,3 millones de onzas de plata contenidas dentro de las reservas de oro reportadas.

El oro se cotiza actualmente a 1,374 dólares la onza Troy (cotización que luego subió significativamente), lo que explica el apuro de la minera para comenzar a producir el metal áureo, cuya extracción le representará a los dueños de Pueblo Viejo más de 10 veces su inversión inicial.

Esta mina comenzó a producir a finales de 2011.

Pero no es en República Dominicana donde único enfrenta protestas la Barrick, sino que representantes indígenas de Papua Nueva Guinea y Chile viajaron a Canadá en mayo de 2010 para hablar en la reunión anual de accionistas de Barrick Gold en Toronto, y denunciar el daño que causa esa firma al medio ambiente en sus países.
(15/10/10)

Falconbridge: ¿fénix o ave del infortunio?

La Falconbridge, como empresa transnacional, llegó a República Dominicana en 1955 para explorar el potencial del país en la minería de níquel.

La explotación de este mineral se inició casi dos

décadas más tarde, en 1971, bajo la denominación local de Falconbridge Dominicana, con las siglas Falcondo, con capitales canadienses.

Noranda, grupo metalúrgico canadiense, se fusionó con la Falconbridge y fue posteriormente adquirida por Xstrata, transnacional minera cuyas acciones se cotizan en las bolsas de Londres y Zurich.

El cambio de manos de estas instalaciones y su fuerza de trabajo solo fue para hacer más eficiente la obtención de ganancias, ya que las leyes de protección al medio ambiente y a los trabajadores solo son de estricto cumplimiento en sus países de origen.

Noranda operaba a principios de la década del 2000 en 17 países y tenía un capital de 11 mil millones de dólares canadienses, según consta en su reporte anual de 2002.

Las operaciones de níquel de Noranda cubren el 22% de la empresa, y representan 1.3 billones de dólares. Noranda cuenta con una nómina de 15 mil empleados en el mundo.

Explotación minera y humana

En 1970, la Falconbridge inició sus operaciones en la loma La Peguera, en Bonao, al centro del país en la provincia Monseñor Nouel, donde en la actualidad explota uno de los mayores depósitos de níquel del mundo, en seis diferentes áreas: Larga, Loma Ortega, Fraser, Peguera, Taína y La Guardarraya.

Desde que comenzó a operar, Falcondo ha extraído unas 620,000 toneladas de níquel que, en minería a cielo abierto, deja una especie de páramo o paisaje lunar que debe ser rehabilitado mediante un plan de reforestación intensiva.

La producción de la fábrica, réplica de una que construycron antes en Cuba, es un producto intermedio: ferroníquel, mezcla de níquel, hierro y cobre, que luego debe refinarse en Canadá, Estados Unidos o Europa.

Durante 33 años seguidos de explotación, la Falconbridge ha exportado un total de US$4,725 millones de dólares de ferroníquel, siendo la media de unos US$143 millones de dólares anuales. El período de mayor auge de las exportaciones fue de 1988 a 1991.

Como todo producto básico, el níquel también tuvo sus altas y bajas hasta que en 2008, la baja del níquel, unido al alto precio del petróleo, que llegó a 103 dólares el barril, hizo que la Falconbridge Dominicana cerrara sus operaciones, despidiendo a 900 de sus 1,630 empleados.

En esa fecha, ya Falcondo era propiedad de Xstrata, compañía minera anglo-suiza. El portavoz de la firma, Luis Rosario, descartó el cierre definitivo de la planta, pero pasaron desde entonces a la fecha, casi tres años. Sólo el próximo mes de marzo de 2011, la empresa volverá a producir para la exportación.

Xstrata Nickel tiene su casa matriz en Toronto, Canadá, es la quinta mayor fabricante de níquel del mundo y una de las principales productoras de cobalto.

Tiene tres instalaciones en Canadá, operaciones en Australia, una mina y planta productora de ferroníquel en República Dominicana y una refinería en Noruega. Sus principales proyectos de expansión incluyen el Nickel Rim South en Canada, Kabanga en Tanzania y Koniambo en Nueva Caledonia.

Según el presidente de la Cámara Minera Dominicana, Luis Rafael Pellerano, el panorama de la vuelta de Falcondo al ámbito económico nacional es muy promisorio porque impulsará las exportaciones y dará apoyo a las finanzas públicas, al tiempo que contribuirá a la estabilidad cambiaria.

Contando huevos antes de ponerlos las gallinas, Pellerano también cuenta con las exportaciones de la Barrick Gold cuando tenga oro para vender en octubre próximo y la producción de cobre de la Corporación Minera Dominicana.

Cierto es que el acuerdo entre la empresa y el gobierno entrega desde 1992 al Estado dominicano el 50 por ciento de las utilidades de Falcondo, además de ser propietario del 10 por ciento de las acciones a través de la Corporación Dominicana de Empresas Estatales (CORDE), cuyos beneficios pasan, en gran medida, a manos de la Comisión por el Decreto 152-94.

Y apareció la unión ciudadana

A finales de los años 70 y durante los 80 del siglo XX, se desarrolló en Bonao un proceso de lucha sindical protagonizado por el Sindicato Unido de Trabajadores de la Falconbridge Dominicana (SUTRAFADO), afiliado a la Central General de Trabajadores y con el cual la Falconbridge enfrentó serios problemas laborales en sus inicios.

Estas luchas alcanzaron sus más fuertes contradicciones a mediados de los años de 1970, cuando la empresa despidió a un grupo de dirigentes del sindicato. Este luchó primero por su legalización, y luego por reivindicaciones laborales.

En solidaridad con los obreros de la empresa, prácticamente toda la población de Bonao realizó paros laborales. En esta lucha se destacaron dirigentes sindicales como Marcelo Pacheco y Ángel Santana.

A finales de los años 80 y durante los 90 se desarrolló en Monseñor Nouel una fuerte lucha por la preservación de la provincia.

Puede considerarse que esa lucha propició la mayor unidad ciudadana que se ha conocido en Monseñor Nouel y que tuvo una de sus principales manifestaciones en la histórica marcha del 5 de mayo de 1989, en la que murió Ángel Yovanni Páez.

Esos procesos de lucha social tuvieron como resultado la designación, ya en el decenio de los 90, de la denominada Comisión por Decreto, responsable de administrar y aplicar a planes de desarrollo los beneficios generados por las acciones del Estado en la Falconbridge.

Asimismo, el movimiento campesino en la provincia, tuvo un nuevo apogeo durante los años 90, dirigido por la Federación de Campesinos hacia el Progreso, que se movilizó persistentemente contra el desalojo de los pobladores en la ribera del río Blanco, por la construcción de la presa en esa vía fluvial.

El movimiento social exigía la preservación ecológica y se manifestó contra la explotación de la mina de oro del paraje El Higo en la sección Blanco, en Bonao, que pretendía hacer la empresa minera La Hispaniola. Esta lucha culminó en triunfo, pues dicha empresa no pudo satisfacer sus deseos.

UN GEÓLOGO DOMINICANO
TEMIDO POR LAS TRANSNACIONALES

Las transnacionales mineras Barrick Gold y la Falconbridge se sienten seguras en República Dominicana, pero a veces hay una piedra en sus zapatos, el ingeniero geólogo Osiris de León.

El actual candidato presidencial por el partido Convergencia Social Dominicana, también clasifica como oponente político difícil de ignorar por su defensa de los recursos naturales de su país y lo más valioso, su gente.

Graduado de ingeniero geólogo y de minas en la Pontificia Universidad Madre y Maestra en Dominicana, 1979, Osiris de León posee una de las formaciones más completas con maestrías y posgrados en Brasil, Cuba, el Servicio Geológico de la Universidad de Kansas y en Ciencias Sociales en FLACSO. En entrevista exclusiva concedida a Prensa Latina, el ingeniero de León dijo que en el caso del contrato con la minera canadiense Barrick Gold, este es muy desfavorable para el país, sobre todo a los precios actuales del metal áureo.

Las reservas de ese metal en la concesión de la Barrick alcanzan las 22.4 millones de onzas, con un valor de 50 mil millones de dólares. Los anteriores dueños de la Rosario Research entregaban 76 centavos de cada 100 de ingreso al gobierno dominicano, en tanto ahora el compromiso de la Barrick se reduce a tres centavos por cada 100 de ventas.

La Barrick ha engañado al Estado dominicano, dijo el ingeniero, porque incluso ese ínfimo porcentaje que darían al país está condicionado a que obtengan ciertas utilidades y retorno de la inversión.

Ese contrato tiene que ser revisado, afirmó Osiris de León, quien también se refirió a las reservas de níquel dominicano que son explotadas por la Falconbridge, otra depredadora del medio ambiente.

Sin protección ante desastres

El nombre del entrevistado sale en la prensa relacionado también con el tema de sismos y desastres naturales. El ingeniero de León explica que el país no tiene una Secretaría o Plan de previsión ante desastres naturales.

Las instituciones creadas como el Centro de Operaciones de Emergencia (COE) son basadas en el socorrismo, en las medidas post-desastre, pero no en la prevención, dijo el experto.

Explicó que se deben analizar las imágenes satelitales, por ejemplo, y establecer conclusiones como cualquier especialista.

Vivimos en una zona tropical, añadió, propensa a huracanes, lo correcto es que el país esté preparado.

Por otra parte, entre 1562 y 2010, siete grandes terremotos asolaron esta isla y sabemos que esto puede volver a ocurrir porque aquí se cruzan las placas tectónicas de Norteamérica y del Caribe. Azua, Manzanillo, Matanzas, han sido poblaciones destruidas por sismos, pero en el Estado no hay la debida preparación y se ha concentrado en el socorrismo.

Urge aprovechar el petróleo propio

El primer petróleo de surgencia natural en Dominicana fue descubierto en Azua por el norteamericano Will Gap en 1870, indicó Osiris de León. Esto permitió que la compañía Lancaster y Chrysler perforara un pozo muy somero, Higüerito, que también produjo crudo. No fue hasta 1939 cuando se abrió el Maleno 1, pero tampoco produjo cantidades apreciables del combustible.

En realidad los pozos eran muy superficiales, de menos de 300 metros y según el geólogo, tendrían que ser de no menos de mil metros para llegar a los yacimientos de mayor volumen.

Los precios bajos del petróleo no mostraron al gobierno la urgencia de explorar sus propios yacimientos.

Siendo presidente de la Cámara de Minería y Petróleo del país, Osiris de León propuso al gobierno dominicano en 2006 que buscara la cooperación de Cuba que había incrementado significativamente su producción de petróleo y gas para que exploraran en Dominicana.

Especialistas de Cubapetróleo hicieron un estudio durante casi todo el mes de octubre de 2006, la parte cubana sometió un presupuesto de 83 millones de dólares, pero el gobierno dominicano dijo carecer de esos recursos entonces y se engavetó el proyecto.

Preguntado dónde piensa él que están las principales reservas, Osiris de León dijo que hay una zona muy promisoria en la franja entre las bahías de Ocoa y de Neiba, en el litoral suroeste del país.

Hay dos fallas importantes, de La Beata al lago Enriquillo y la Trinchera de los Muertos, donde puede haberse formado el bolsón necesario para el hidrocarburo, opinó el especialista.

El geólogo sería partidario de una operación triangular en la que participaran Venezuela, Cuba y la República Dominicana, mediante la cual se podría desarrollar un programa de explotación regional en la Cuenca del Caribe con la tecnología y capital humano de los tres países involucrados a fin de aunar intereses y voluntades para una explotación conjunta de sus recursos. Hacia ese fin abogo como político y como científico, afirmó Osiris de León.

Trasladándose hacia sus visiones del futuro, el geólogo devenido político plantea que las fronteras geográficas y políticas están llamadas a perder la preeminencia actual, ya que pesa más el desarrollo de nuestros pueblos.

Garantizarles empleo, energía, agua potable, educación, seguridad y resaltó que en este sentido, Cuba es la mejor valorada en el desarrollo social, al igual que en la prevención y mitigación de desastres, concluyó el científico y político dominicano.

METRO:
GLORIA Y NÉMESIS DE UN GOBIERNO

Los presidentes de algunos países, casi siempre pobres, quieren ser recordados por obras que perduren, mejor si son de concreto y acero, como grandes autopistas, edificios, estatuas monumentales o, como en Santo Domingo, trenes subterráneos. Los más inteligentes legan a generaciones posteriores, mejores condiciones de vida, trabajo y acceso universal a la educación y los servicios médicos.

Un informe emitido en 2012 por la Oficina para el Reordenamiento del Transporte (OPRET) hizo público un informe sobre los primeros dos años de operaciones del metro de Santo Domingo, casi al mismo tiempo que se presentaba esa obra como una gran "solución verde", tratando de ignorar la bajísima rentabilidad de la inversión.

De acuerdo a lo publicado, el muy publicitado metro de Santo Domingo transportó 42 millones de pasajeros, lo que quiere decir 21 millones por año y 58 mil 333 por día. Como se supone que los usuarios lo utilicen en ida y vuelta, eso significa que sólo 29 mil 167 personas se benefician cada día de la mayor inversión de nuestra historia, superior a los mil millones de dólares.

Para tener una idea de la escasa rentabilidad del metro, escribió Juan Bolívar Díaz, director de Uno más Uno, del canal TeleAntillas, hay que dividir esos 29 mil 167 privilegiados que viajan cada día por esa vía, entre 3 millones y medio que es la población aproximada del Distrito Nacional y la provincia Santo Domingo, a cuyos habitantes sirve ese medio de transporte.

Arroja menos del 1 por ciento, apenas 0.8 por ciento. El porcentaje cae al 0.3 por ciento de los casi diez millones de los pobladores del país, todos los cuales pagan y siguen pagando por ese metro, puesto que además hay que subsidiarlo para mantenerlo operando, como se advirtió con antelación.

En otras palabras, que los privilegiados del metro pagan 20 pesos (0.50 centavos de dólar) cuando el costo es de 54, es decir que cubren sólo el 37 por ciento. Desde luego, esos 54 pesos están muy lejos de los 10 pesos que se dijo costaría transportarse en el metro cuando Leonel Fernández emprendió esa aventura de sueños infantiles.

A su favor, hay que decir que el metro de Santo Domingo en su segundo año, el promedio de pasajeros por día pasó de 49 mil 458 en el primer año según lo informado en enero del 2009, a los 58 mil 333 del 2010, para un crecimiento del 18 por ciento. Pero aun así está por debajo de la tercera parte de los 150 mil pasajes anunciados.

Todavía resuenan las advertencias de los expertos de que si se iba a construir un metro, debería privilegiarse la línea este-oeste que es la dirección en que se asienta la mayor parte de los habitantes de la gran urbe de Santo Domingo. Los usuarios del metro aumentarán significativamente cuando concluya la segunda línea y mucho más si se agregan otras, pero también el monto de la inversión y del subsidio.

Esto sigue cuestionando la obra en un país de tantas precariedades y necesidades mucho más urgentes y prioritarias como energía eléctrica, agua potable, alcantarillados pluviales y sanitarios y viviendas, educación y salud. Todavía se recuerda la observación del presidente quien sobrevolando Santo Domingo en un helicóptero ejecutivo, exclamó que la capital era hoy lo que soñó al principio de su mandato, "un Nueva York chiquito".

INTEGRACIÓN QUE DA Y NO QUITA

El viceministro dominicano de Educación Luís de León elogió la existencia de la CELAC -Comunidad de Estados Latinoamericanos y Caribeños- como una estructura de verdadera integración de esa esta área geográfica.

"Asistimos a la realización del sueño bolivariano con la unión de los pueblos en uno solo, afirmó ante diplomáticos de varios países, políticos, funcionarios y amigos de Venezuela reunidos en Santo Domingo por el 229 Aniversario del nacimiento del Libertador.

América Latina es hoy más libre, significó De León, quien reconoció en ese sentido la guía del máximo líder de la Revolución cubana, Fidel Castro, y el esfuerzo del presidente venezolano, Hugo Chávez.

De León puso énfasis que la CELAC y otros mecanismos como la Alianza Bolivariana para los Pueblos de Nuestra América y la Unión de Naciones Sudamericanas representan el camino necesario de este continente.

El 16 y 17 de agosto de 2012, por mandato de los presidentes de los 33 países latinoamericanos que conforman la CELAC (Comunidad de Estados Latinoamericanos y el Caribe), reunidos en Montevideo en la sede de la Asociación Latino Americana de Integración ALADI), los organismos de integración y de apoyo de la región como ALADI, AEC, Alianza del Pacífico, CAF, CAN, CEPAL, FLACSO, MER-COSUR, OLADE, OTCA, SELA y UNASUR.

La misión resultó doblemente trascendente porque se debatieron iniciativas sobre todo en lo económico–comercial, que van dando contenido al tan postergado objetivo de la unidad latinoamericana; y por el otro, se demostró que se pueden articular programas y visiones entre los distintos organismos subregionales, superando la fragmentación, la dispersión de esfuerzos y la duplicación de tareas.

Se trata de vertebrar una agenda común y conformar una coordinación de las principales temáticas regionales para avanzar con más legitimidad social y eficacia en el proceso de integración, coincidieron los jefes de Estado y de Gobierno.

Problemas que son de tratamiento compartido como el aumento del comercio intrarregional, la modernización de la infraestructura, la integración energética, la defensa de los recursos naturales, el ajuste al cambio climático, la seguridad alimentaria; así como la construcción de la ciudadanía latinoamericana y el libre tránsito de las personas, fueron discutidos durante estos dos días.

Los sistemas de pago en monedas locales, la relación con el Asia Pacífico y especialmente China, la cooperación cultural y las políticas sociales, de salud, educación y medio ambiente, entre otros, que conforman el cuerpo de opciones que se van alineando y armonizando en programas comunes.

Más que un espacio cultural e histórico, se demostró que la región puede y necesita transitar unida hacia un futuro político económico compartido.

El comentarista dominicano Fausto de León se-ñaló que República Dominicana debe ser protago-nista ascendente en este proceso y hacer propuestas que coloquen a la persona en el centro, a la produc-ción y al trabajo por sobre la especulación finan-ciera, y a la justicia social como paradigma de un sistema más humano y compatible con el desarrollo sustentable.

Las realidades de cada país son distintas y sus modelos de inserción internacional diferentes. Pero, precisamente, trabajar sobre esta pluralidad de op-ciones es uno de los grandes retos del nuevo go-bierno dominicano.

Para ello es necesario e imprescindible inaugurar un mecanismo que integre la política exterior del go-bierno, privilegiando los esfuerzos de integración de América Latina, acompañando no solo a la CELAC, sino también a la ALADI, Organismo Intergubernamental del cual este país participa únicamente como observador desde 1984, siendo su Banco Cen-tral miembro pleno de su Convenio de Pagos y Cré-ditos Recíprocos.

La unión dispareja

Hay otra agrupación de naciones creada por Esta-dos Unidos, la de los Tratados de Libre Comercio, de los cuales se benefician, principalmente, las em-presas transnacionales de los centros de poder eco-nómico porque tienen mercados en los que pueden incursionar seguros, con libertad y preferencias para sus inversionistas, a la vez que pocos compro-misos con los países en desarrollo miembros.

El Tratado de Libre Comercio entre República Do-minicana, Centroamérica y Estados Unidos de

América (DR-CAFTA en inglés), es un pacto que dice buscar la creación de una zona de libre intercambio entre los países firmantes. Hace permanentes los beneficios para el 80 por ciento de productos centroamericanos que brinda la Iniciativa de la Cuenca del Caribe (ICC), que abarca un comercio de 30 mil millones de dólares.

La rama fundamental del tratado consiste en las disposiciones concernientes al comercio, es relevante abordar elementos como el arancelario, movimiento aduanero, origen de los productos y las reglas internas para el tráfico de mercancías. Aunque el texto contiene aspectos de producción higiénica y protección del medio ambiente, la responsabilidad de su cumplimiento recae sobre los países pobres no sobre Estados Unidos.

La legislación laboral de la zona CAFTA también es aplicada restrictivamente contra los países en desarrollo, para dar o quitar incentivos a esas naciones de parte de Estados Unidos, donde muchas de esas exigencias laborales no se cumplen con los trabajadores inmigrantes.

Pese al beneplácito de los Estados firmantes, el CAFTA ha recibido múltiples críticas de carácter político y económico, entre otras la pérdida del derecho a establecer normas que restrinjan el paso de mercancías por sus fronteras, no pudiendo establecer impuestos o reglas que dejen réditos fiscales o ventajas competitivas para los productores nacionales. En tal sentido, el CAFTA obliga a los Estados a facilitar al máximo los canales de comercio para las empresas norteamericanas.

Si bien es cierto que las resoluciones al respecto

no son vinculantes, los Estados se comprometen a mantener bajo consenso las medidas que se adopten. La creación de normas estatales no se limita a entidades o personas nacionales, puesto que el tratado exige a los Estados a consensuar con todos los interesados.

En caso de haber una disputa, el inversor extranjero tendrá exactamente los mismos derechos que el nacional, privando de cualquier preferencia, protección u opción de asesoría legal por parte del Estado sobre sus nacionales de manera exclusiva. Se prohíbe la expropiación sobre bienes muebles o inmuebles a inversores extranjeros y; en cualquier caso, la indemnización debe ser expresa y sin protestas.

Un punto relevante del tratado establece que, de ninguna manera, los inversores están obligados a contratar nacionales del país de destino; en tal sentido, el tratado de ninguna manera garantiza que el incremento de la inversión será un aliciente para el crecimiento del empleo nacional.

Litigios por no complementariedad

El Grupo Arbitral de la Organización Mundial de Comercio (OMC) declaró violatoria la medida de salvaguardia dominicana sobre importaciones de sacos de polipropileno y tejido tubular desde Costa Rica, Guatemala, Honduras y El Salvador.

En un informe definitivo de la OMC se comprobó que República Dominicana violó varias disposiciones del artículo XIX del GATT (1994) y el Acuerdo sobre Salvaguardias de la OMC. En consecuencia, recomendó al país caribeño que se ponga en conformidad con sus obligaciones derivadas de estos

Acuerdos y suprima el arancel de 38 por ciento que detuvo las exportaciones de esos productos a dicho mercado.

Ejemplo en negocios con Venezuela

Durante casi tres lustros se hizo evidente un nuevo proceso integrador, más solidaria y mutuamente ventajosa que comenzó con el Acuerdo de Cooperación Energética (Petrocaribe) y la construcción de 100 casas en la provincia dominicana de Monseñor Nouel.

Las cien viviendas fueron construidas en junio de 2008 en el proyecto habitacional Simón Bolívar, levantado en el sector Caracol Banana, en Bonao. La construcción del proyecto fue ordenado por Chávez en solidaridad con el país por las personas damnificadas tras las tormentas Noel y Olga ocurridas ese año.

Con la entrega de las viviendas ocurrió un escándalo porque se acusó a las autoridades locales de haber entregado una parte de ellas a allegados, incluyendo a dirigentes políticos, periodistas, profesores y policías que no fueron afectados por los fenómenos naturales.

En esa ocasión, la Embajada de Venezuela elevó su queja formal al Ministerio de Relaciones Exteriores, y lamentó que el proyecto fuera ocupado sin haber finalizado el proceso de donación pertinente, y "sin que se hayan determinado los resultados de la investigación sociológica", pero finalmente no significó un problema mayor para las relaciones bilaterales.

El acuerdo estableció, además, que cuando el precio del barril exceda los US$40, el precio del pago del crédito se extenderá a 23 años, más de dos años de gracia y una tasa de interés anual de 1por ciento.

El 20 de septiembre de 2011, Venezuela anunció que ampliaba de 30 a 50 mil barriles la cuota diaria del crudo que suministra al país.

La deuda con Venezuela por concepto de Petrocaribe asciende a US$3,029.7 millones, a pesar de que el país no ha cumplido con puntos que se acordaron como aporte para el desarrollo de ambas naciones, consistente en emplear el 60% de los fondos que por concepto de crédito disfruta la República Dominicana por Petrocaribe, en la ejecución de proyectos de desarrollo económico y social.

Tampoco en la contratación de al menos dos mil profesionales y técnicos en las áreas de medicina agronomía, educación y otras. No se cumplió en lo mínimo con el envío de las habichuelas negras como parte del pago a esa Nación, ya que de los 210 mil quintales que había que enviar a Venezuela, solo se produjeron 30 mil, según el Comité Agropecuario de San Juan de la Maguana.

Del gobierno del presidente Danilo Medina depende que haga suyo el nuevo proceso integrador que puede contribuir al verdadero despegue del desarrollo nacional.

ELSY FORS

SOCIEDAD

ELSY FORS

HOY ES NOCHEBUENA, MAÑANA DIOS DIRÁ

Los diferentes mercados en República Dominicana se abarrotan de personas en busca de productos para dar los toques finales a su cena de noche-
buena.

Los frustrados comerciantes de caras largas días
atrás, resplandecieron al ver la nutrida concurrencia de consumidores, quienes en su mayoría dedica-
ron los ingresos adicionales de diciembre a pagar
deudas y el resto a los festejos de Navidad.

Este fin de semana se hace una tregua a los problemas de pobreza, inseguridad ciudadana, accidentes de tránsito y las personas se concentran en pa-
sarla bien con sus familiares y amigos.

El Ministerio de Salud Pública informó el reforzamiento de las emergencias de los 158 hospitales del
país con camas, personal médico y medicamentos
adicionales para enfrentar eventualidades que pu-
dieran presentarse.

En estas fiestas se preparan diversos platos tradicionales como son: ensalada rusa o verde, moro de
guandules (frijol colorado) o de frijoles negros, pan
en telera o de flauta, pastas, pasteles en hojas,
carne de cerdo, pollo horneado o pavo, frutas tropi-
cales junto a las importadas manzana, pera y uvas.

Periodistas de El Nuevo Diario que realizaron un
recorrido por varias arterias comerciales de la provincia Santo Domingo y el Distrito Nacional, pudieron comprobar la multitud de personas que estaban

comprando todo lo que necesitan para la celebración de esta noche.

Las carnes están fuera del alcance de muchos bolsillos, al igual que las frutas importadas. La lechuga, elemento indispensable para las ensaladas de fin de año, también ha subido de precio.

Una flauta pequeña de pan cuesta el equivalente de dos dólares y la grande casi tres. Los chocolates navideños están entre dos y cuatro dólares

Es tradición que muchos dominicanos se trasladen al interior del país a celebrar la fiesta de navidad con sus seres queridos y amigos, en tanto los ausentes que no pudieron venir al país en este fin de año, han hecho esfuerzos para enviar dinero a sus familiares, lo que también ha contribuido a dinamizar el comercio interno.

LAS ASPIRACIONES SE REPITEN CON CADA NUEVO AÑO

El futuro, dicen, tiene el color del cristal con que se mire y en la sociedad dominicana, las distintas generaciones tienen su visión de cómo debe ser el próximo año.

Deseos de vivir en una sociedad más tranquila, con menos violencia y delincuencia tienen la mayoría de los adultos en este país.

Cambios que abarquen los campos social, económico y político, quieren los mayores de 30 años. Si la educación va mal y la familia también, mal estará el pueblo en general, dijo San Pablo Alcántara, entrevistado por el diario Hoy.

Una ciudadana de 42 años, Belkis Morfa, quiere que las autoridades presten mayor atención para reducir los hechos de corrupción y delincuencia.

Asimismo deseó que el nuevo año traiga la aprobación del cuatro por ciento del Producto Interno Bruto (PIB) en recursos para la cartera de educación.

Otro encuestado, Frank Guzmán, aspira que los productos básicos como la comida y los combustibles tengan precios asequibles a los ingresos de la mayoría.

Piensa que la vida estará muy dura en el nuevo año, mientras Loren Fanit, de 35 años, pide que 2011 traiga un país con más comprensión de la clase política para resolver los problemas del país.

Los jóvenes preguntados en el sondeo desearon que haya más seguridad y oportunidades para ellos en el año que comienza mañana.

Para una estudiante de mercadeo, su aspiración es que haya más igualdad en la distribución de la riqueza y que el gobierno cumpla su rol de satisfacer las necesidades del pueblo, sobre todo de los más pobres.

Por su parte, niños y adolescentes consultados por el diario desearon un país con más y mejor educación, lo que para lograrse el gobierno debe aprobar el cuatro por ciento del PIB a ese fin.

La quinceañera Pamela Valdez pide que las personas de clase social alta piensen en los que no tienen nada y en sus necesidades.

No es posible hacer borrón y cuenta nueva, aunque todos tengan la esperanza de hacer de su mundo uno mejor en el 2011. (30/12/10)

LA VIOLENCIA SE VUELVE EPIDEMIA

Casa Abierta, primera entidad dominicana espe-
cializada en la prevención y tratamiento de fenómenos psicosociales como la droga, llamó a desmontar
la estructura que genera la cultura de la violencia.

El director de Casa Abierta, Radhamés de la Rosa
consideró que la violencia se ha vuelto una epidemia
y son necesarias transformaciones sociales con políticas de Estado centradas en soluciones a la falta de
empleo, la baja calidad de la educación, la carencia
en el sistema de salud y ausencia de recreación
sana.

De la Rosa puso ejemplos recientes como el del
guardián que mató a un cliente de EDESTE porque
protestó por el aumento de la tarifa eléctrica, o el
guarda del ingenio Porvenir que mató a un niño porque se robaba una caña.

El veterano psicólogo lamentó que la violencia se
esté ejerciendo de forma cotidiana, casi natural, en
la casa, la escuela, en la comunidad, en las relaciones de pareja, y desde el Estado.

Se habla de muchos planes contra la violencia, co-
piando conceptos como seguridad ciudadana, barrios seguros, tolerancia cero, pero generalmente se
trata solo de nombres eufemísticos para planes re-
presivos, violencia desde arriba, que se integran al
círculo vicioso, sin resolver nada, indicó De la Rosa.

Explicó que la violencia delincuencial (robos, asaltos, drogas) recibe más atención en los medios de comunicación, con una parte de la población demandando "manos duras" y agrupándose en turbas, produciendo linchamientos de personas fuera del sistema judicial.

La violencia en República Dominicana es un problema en crecimiento, afirmó Sergio Sarita Valdez, director del Instituto de Patología Forense.

Las estadísticas nos lo dicen, especialmente la violencia homicida, dijo Sarita, esencialmente urbana que en 2009 causó 2,375 muertes, muchos a manos de la propia fuerza de orden público. Hasta octubre de 2010 hubo 2,037 homicidios, casi lo mismo que en todo el año 2005.

El aumento en el porte de armas de fuego propició que el 65 por ciento de las muertes violentas fueron provocadas por armas de fuego. Hay un proyecto de ley para la regulación de porte y tenencia de armas, pero este se ha hecho más blando con cada año que pasa sin aprobarse.

Los costos globales de la violencia en el tránsito de vehículos, vinculada al alcohol y las drogas, fueron estimados en el año 2002, cuando se hizo un estudio, en más de mil millones de dólares.

Más recientemente, ni siquiera se han estudiado los efectos, excepto por el número de fallecidos que sumaron 4,035 personas en el 2010, ocupando la segunda causa de muerte en el país.

¿Cortar la violencia de raíz o por las ramas?

La violencia castiga a siete grandes provincias dominicanas, reza el titular de uno de los principales diarios, mientras ciudadanos que lo leen piensan que se quedó corto, porque es una epidemia nacional.

En el primer semestre del año 2011, los hechos de violencia y criminalidad arrancaron la vida a unas 1,260 personas y provocaron heridas y lesiones permanentes a más de 2,000, según datos oficiales. La cifra de muertes violentas es superior en 56 a los registros del mismo período del año 2010. Unas 35 personas han sido víctimas de balas perdidas o cruzadas entre narcotraficantes y policías, según partes policiales.

Pero las muertes también se han producido por la violencia familiar y de género, que en este año ha provocado 112 feminicidios, mientras 16 hombres han sido muertos por sus parejas.

Once niños han sido asesinados por sus padres.

¿La violencia nace o se importa?

Cuando se conoce la idiosincrasia del dominicano de a pie, es difícil ver la violencia, porque sobresale su carácter jovial, hospitalario, solidario.

La violencia entra solapadamente, por la vía de la desesperanza, la falta de oportunidades, la carencia de lo mínimo para vivir como el agua potable, una vivienda y empleo dignos.

El hogar, considerado habitualmente remanso de paz y amor, se torna caldo de cultivo en casos de abandono de la familia por el padre que se siente incapaz de proveer lo necesario para su esposa e hijos, el choque de la pareja porque la mujer debe salir a trabajar.

Los hijos deben abandonar los estudios para compartir los gastos de la casa o caen presos de las adicciones como la bebida y las drogas.

En acciones legales de la Policía han muerto 203

personas, casi todos hombres con prontuarios delictivos en 75 por ciento de los casos, mientras que alrededor de 65 policías y militares han caído bajo el fuego de los delincuentes, pero el 20 por ciento de ellos han perdido la vida en riñas, pleitos y venganzas, principalmente en lugares de diversión.

Las armas involucradas en estos crímenes poseen licencia en el 76 por ciento de los casos, lo que demuestra que estas no se usan para defender sino para herir y matar a las personas.

Sin embargo, en las gavetas del Congreso yacen cubiertos de telarañas varios proyectos de control de armas entre la población.

En los últimos siete años, las estadísticas oficiales de la Policía establecen que 15,179 personas murieron de manera violenta, incluyendo los 6 meses del presente año, un promedio superior a 2,000 muertes por año.

La alarma crece en la sociedad cuando es evidente que aun cuando se dé solución a los casos, no se pone bridas al crimen.

El 10 de septiembre se realizó un panel sobre seguridad ciudadana en Santiago de los Caballeros, encabezado por el presidente Leonel Fernández, que reunió a los cuerpos armados, la Procuraduría, la sociedad civil y el gobierno. Allí se anunció el reforzamiento de las acciones para enfrentar la delincuencia.

Medidas para enfrentar el delito

Se anunció la adquisición de equipos y el uso de

perros entrenados para el bloqueo y detección de celulares en las cárceles. Se ha podido comprobar que muchos crímenes cometidos se han organizado y ordenado desde los centros penitenciarios.

También se modificará el Código Procesal Penal para quitar flexibilidad a los casos criminales y adaptar la legislación a la complejización de los delitos del narcotráfico y los relacionados con el uso de tecnologías de la información.

Por otra parte, el director del Departamento Nacional de Información informó que, en coordinación con Migración y la Cancillería, están depurando a los extranjeros, como parte de un acuerdo con Interpol, a fines de tener un control de éstos.

Entretanto, el jefe de la Policía aseguró que se han reforzado las labores de patrullaje en las calles y principales sectores de la Capital, con el fin de prevenir la delincuencia, además de la instalación de cámaras de seguridad en las principales calles.

El vocero de la Policía, Máximo Báez Aybar, citó que el fin de semana del 10 y 11 de septiembre sólo se produjo una muerte y los atracos y asaltos bajaron significativamente.

La Policía también acomete un proyecto de acercamiento a las comunidades para actuar de conjunto con la ciudadanía.

Código penal, garante del crimen organizado

El asesor en Asuntos de Drogas del Gobierno, Vincho Castillo, consideró que el actual Código Procesal Penal Dominicano es una garantía modernista donde el crimen organizado ha ganado espacio y se ha hecho cada vez más violento.

A su juicio este código ha provocado que el aparato

judicial termine colapsando, ya que no es para una etnia específica, como lo es el crimen organizado, donde el narcotraficante no tiene ningún temor a la experiencia penal, dijo Castillo.

Las inversiones en equipos y modernización de la Policía Nacional aún son insuficientes para controlar y enfrentar con eficacia el auge del crimen y el delito, no obstante los 13 mil arrestos por parte de estos cuerpos en el último año y la captura de más de seis toneladas de drogas de distintos tipos.

Sin embargo, el poder económico del narcotráfico constituye un desafío para las leyes y los que deben hacerlas cumplir. Recientemente, se sacaron 30 plantas de marihuana que pudieron crecer en una cárcel al amparo de guardias y reclusos.

Un director de un centro penitenciario fue fotografiado introduciendo botellas de bebidas alcohólicas y se ha hecho común el uso de celulares en las cárceles.

Personalidades opinan sobre seguridad

El candidato presidencial del Frente Amplio, Julián Serulle, planteó la necesidad de una transformación radical de la Policía Nacional y las Fuerzas Armadas para garantizar la seguridad ciudadana, esencial para el desarrollo del país.

Al referirse al gobierno que se propone si alcanza la presidencia, Serulle dijo que garantizará la seguridad ciudadana, asumiéndola como parte fundamental del desarrollo, apoyada en un Estado de Derecho, cuyas normas sean conocidas por el pueblo para que pueda cumplirlas y defenderlas.

El Ministerio Público deberá tener autonomía para actuar estrictamente de acuerdo a las evidencias en la infracción de la ley, sin influencia de los políticos, apuntó Serulle.

Agregó que la Policía Nacional deberá ser un cuerpo surgido, integrado y controlado por las comunidades, preparados técnica y profesionalmente a fin de prevenir la criminalidad y el delito en general, así como asistir a las familias en los problemas que requieran ayuda pública.

El candidato del Frente Amplio advirtió que quedaría anulada la práctica de asignar efectivos de esos cuerpos al servicio de particulares.

Resaltó que se eliminará al costo que sea la complicidad de los poderes públicos con el narcotráfico, la corrupción e impunidad causantes de primer orden de los crímenes que afectan a la sociedad.

Asimismo, la investigadora del Centro de Estudios de Género del Instituto Tecnológico de Santo Domingo (INTEC), Isaura Cotes Javier, manifestó a Dominicanos Hoy que las causas de la violencia contra la mujer radican, esencialmente, en la masculinidad agresora, la desigualdad en que se educa a hombres y mujeres y la impunidad.

Mientras no se cambien los patrones con los que se educa, tanto a hombres como a mujeres, la violencia seguirá manifestándose, dijo Cotes, y añadió que en República Dominicana el índice de muertes a causa de la violencia ha aumentado considerablemente.

De 40 mil 765 denuncias de actos violentos realizadas en 2010, el 22 por ciento corresponde a la violencia contra la mujer. Sin embargo, pese a esta cantidad de agresiones, las sentencias son mínimas, afirmó Cotes.

FEMINICIDIOS Y TRATA DE MUJERES

La pobreza que afecta a cuatro de cada diez dominicanos, unida a la desesperanza, cobran a diario víctimas entre la población femenina de este país caribeño.

Como en otros países de Latinoamérica, el número de muertes violentas de mujeres dominicanas en 2011 aumentará 17 por ciento en relación con el año anterior, cuando las estadísticas reportaron 192 mujeres asesinadas.

Según la especialista en violencia intrafamiliar Ivonne Ortiz, representante de la organización estadounidense Alianza Latina para Erradicar la Violencia Doméstica, la situación económica, unida al temor de la mujer a denunciar el maltrato de sus parejas u otro familiar, son los principales detonantes.

De acuerdo con estadísticas oficiales, entre los años 2005 y 2010 en la República Dominicana se cometieron 1,153 feminicidios, de los cuales 606 fueron a manos de sus esposos o amantes.

A las muertes de mujeres provocadas por una pareja, ex pareja, familiar, violador, acosador o agresor sexual, hay que agregar las que mueren al defender a otra víctima de la violencia.

Todos los días se reportan estos crímenes, sin que se vean acciones concretas para poner freno a esos abusos. La víctima más reciente fue Rosana Tapia de 25 años, asesinada a finales de agosto de varios disparos por su esposo en La Cueva de Cevicos, provincia de Sánchez Ramírez.

Casi siempre estas mujeres dejan niños huérfanos, si es que no mueren junto a ella, tras lo cual, el perpetrador en muchas ocasiones se quita la vida o se da a la fuga.

La comunidad y la policía casi siempre han sido testigos de acciones violentas previas a la tragedia final. Sin embargo, las tradiciones machistas y religiosas obligan al silencio de la mujer, so pena de ser rechazada por su familia y la sociedad.

Crimen que florece en silencio

Ivonne Ortiz explicó que una de las causas que impiden detectar desde fuera los casos de violencia doméstica es que esos episodios florecen en el silencio, escondidos detrás de las puertas cerradas de un hogar.

La especialista indica que una de las barreras comunes en la mujer latinoamericana es que quieren que la violencia termine, pero no quieren dejar a su pareja. Cuando se deciden a romper con esa situación es el momento en que se presentan las agresiones más peligrosas, porque el agresor siente que pierde su poder y recurre a acciones extremas.

Ortiz recomienda a la comunidad a unirse para ayudar en la prevención de la violencia intrafamiliar y sugiere a las mujeres agredidas que lo comuniquen a alguien y traten de alejarse de la cocina o de lugares en los que haya objetos con los que las puedan golpear.

La violencia arruina y destruye todo a su paso,

pero es más penoso cuando ocurre en el espacio considerado por la mayoría de las personas como fuente de amor, solidaridad y comprensión.

Según la Comisión Nacional de Derechos Humanos (CNDH) en 2010 se registraron 192 feminicidios, lo que representa un incremento de 159 por ciento con respecto al año 2009, cuando se contabilizaron 74 casos.

Generalmente, los crímenes fueron ejecutados con armas de fuego, cuchillos, sogas, estrangulamientos, gasolina para incinerar los cuerpos, alegando en la mayoría de los casos el rechazo de la mujer a volver con ellos o los celos pasionales.

Respuesta legal

La defensora de los Derechos Humanos de la Mujer, María de Jesús Pola no concibe que la Fiscalía dominicana dividiera la calificación del feminicidio en íntimo y no íntimo, puesto que esos términos limitan y confunden a la población y no reflejan el número real de las afectadas.

Pola explicó que en el Código Procesal Penal no existe la clasificación de feminicidio debido a que la legislación solo contempla el homicidio como forma de quitar la vida a una persona.

La defensora de los derechos de la mujer estimó como un fracaso de la justicia y de la sociedad que se produzca un asesinato luego que la mujer amenazada haya denunciado el hecho ante las autoridades sin que se tomaran las medidas pertinentes para protegerla.

La relación de poder entre hombre y mujer en un

hogar es un arma letal, opinó Pola y agregó que no existe un perfil determinado para identificar a un abusador. El 50 por ciento de los feminicidios, según la activista, son cometidos por hombres que no tienen nada que ver con sus víctimas.

Aunque la magistrada Roxanna Reyes, procuradora general adjunta para Asuntos de la Mujer, ha considerado las acciones del Ministerio Público y la Justicia como un muro de contención, todavía la nación dominicana se halla entre los países de más alta tasa del mundo en crímenes cometidos contra las mujeres.

En una declaración emitida con motivo del Día Internacional de la Mujer en marzo pasado, el Foro Feminista señaló que persiste la desigualdad de género en el ámbito económico, observado en que el 51 por ciento de los hogares con jefatura femenina están por debajo de la línea de pobreza, comparado con el 32 por ciento cuando es un hombre el jefe de núcleo. Asimismo, la tasa de ocupación de la población económicamente activa masculina duplica la femenina (62.1 contra 31.3 por ciento), en tanto el ingreso promedio anual de los hombres casi duplica el de las mujeres (US$8,416 contra 4,985).

El Foro también demandó medidas más severas en los tribunales contra situaciones de abuso contra la mujer, así como información precisa donde las víctimas pueden acudir a denunciar esos hechos, protegiendo mediante protocolos y medidas fiscales, los derechos femeninos.

Trata: Las ilusiones perdidas

Las dominicanas Iris de la Cruz, de 26 años, Luz María Serra Hernández, de 25, Cristina Polanco de la Cruz, de 28 y Alexandra de los Santos Ramírez pagaron miles de dólares por contratos de trabajo que resultaron falsos.

El caso expuesto por la prensa dominicana, sobre la base de informaciones policiales, indicó que las estafadas entregaron a Nancy Josefina Matos 14 mil 238 dólares, después viajaron a la capital libanesa, donde supuestamente las habían contratado como bailarinas, fueron recibidas al llegar por un tal Salam, quien las llevó al hotel Beirut Star. En ese alojamiento ubicado en Hambra, fueron despojadas de sus pasaportes y boletos aéreos. Rosa Iris, Luz María y Cristina dijeron a la Policía que las obligaban a trabajar de 10 de la noche a 5 de la mañana en el centro nocturno Teacher´s Club por 200 a 300 dólares al mes.

Durante el tiempo de trabajo no les daban alimentos ni sueldo hasta finalizar el contrato de tres a seis meses, incumpliendo lo pactado y tomando el dinero para su provecho personal.

En el caso de Alexandra de los Santos Ramírez, esta denunció que le entregó a Nancy Josefina Matos cuatro mil 500 dólares para que le gestionara el visado para viajar a Beirut como bailarina y al llegar a dicho país, la dejaron abandonada en Hambra, en el Teacher´s Club.

Alexandra explicó que le indicaron que desde allí se trasladaría a Alemania, donde la pusieron a trabajar tres meses para poder comprar el boleto de avión de regreso, sin cumplir lo acordado.

Por la persistencia de gestiones de familiares y amigos con las autoridades del país de procedencia, en este caso República Dominicana, se pudo conocer que la persona que hizo los trámites aquí y estafó a esas cuatro mujeres fue Nancy Josefina Matos Contreras, que fue puesta en prisión preventiva hasta ser juzgada.

La Policía informó a los medios de este caso y explicó que se profundiza en las investigaciones para determinar si existen otras personas implicadas en este delito de trata de mujeres.

Falta de información y la pobreza hacen que miles de mujeres en el mundo pongan sus esperanzas de mejorar en promesas de fama y dinero que, en el mejor de los casos, las llevan a la esclavitud sexual y pérdida de su identidad.

Se reconoce que la trata de mujeres y niñas con fines de explotación sexual y otras en condiciones de semi-esclavitud, es uno de los crímenes de mayor crecimiento en el mundo y una de las violaciones más graves de los derechos humanos.

La trata de seres humanos es la tercera actividad ilegal más lucrativa del mundo, después del tráfico de armas y el narcotráfico, generando ganancias cercanas a los 12 mil millones de dólares anuales, según la Organización Internacional para las Migraciones (OIM).

En un solo centro de acogida de víctimas de la trata en la capital dominicana, se han atendido 310 casos desde que fue abierto en 2003.

Marianela Carvajal, coordinadora de este centro de acogida, que junto a un consultorio médico forma parte del Centro de Orientación e Investigación Integral (COIN), dice que los que manejan la trata venden un sueño, al que no escapan a veces ni estudiantes universitarias con aspiraciones, que caen víctima de promesas engañosas.

En la República Dominicana, explicó Carvajal, la

atención a víctimas de la trata tuvo respaldo legal desde 2003, a cargo del Ministerio de la Mujer y el COIN que apoya con una abogada y psicóloga para ayudar a las mujeres víctimas de la trata a regresar a sus países o localidades de procedencia.

"A los casos que nos refieren primero les hacemos un diagnóstico y se les presta atención médica. Las ayudamos con exámenes médicos, asesoramiento legal, préstamos para pago de deudas y compra de pasajes de regreso", dijo la coordinadora.

Instituciones contra la trata

Preguntada si el COIN intervino en el caso más reciente de trata expuesto en la prensa, la abogada dijo que atienden a tres de las víctimas, aunque se está todavía en la fase de instrucción del caso.

El COIN ayuda en ese proceso brindando al fiscal soporte en las investigaciones y entrevistas, apoyo logístico para el traslado a los lugares de origen, atención sicológica para llevar a término estas denuncias.

Marianela Carvajal explicó que después de graduarse de Derecho, comenzó a trabajar en el tema migratorio y defensa de los derechos humanos en general.

Se adentró en las condiciones de trabajo de la mujer, en los problemas de género y se relacionó con el Comité Interinstitucional de Protección de la Mujer Migrante (CIPROM).

Los esfuerzos del Estado dominicano en esa dirección se incrementaron en esta década, a partir de la promulgación en el 2003 de la ley 137-03 y por la ratificación de la Convención de las Naciones Unidas contra la Delincuencia Transnacional Organizada y los dos protocolos que la complementan (contra el Tráfico Ilícito de Migrantes por Tierra, Mar y Aire y para Prevenir, Reprimir y Sancionar la Trata de Personas, especialmente Mujeres y Niños/as). Instituciones públicas tales como la Policía, Procuraduría General, Despacho de la Primera Dama, y los ministerios de Relaciones Exteriores, Trabajo, de la Mujer, Educación, y la Dirección de Migración, entre otras, ejecutan acciones para el combate de la trata internacional de personas y el tráfico ilícito de migrantes.

Mucho por hacer

El trabajo sexual femenino, incluyendo la explotación sexual comercial de personas menores de edad ocurre en toda la República Dominicana, pero es más frecuente en la capital Santo Domingo, Santiago de los Caballeros y zonas turísticas como Puerto Plata, La Altagracia y La Romana, en el norte y este del país.

De manera conservadora, se ha estimado que el número de trabajadoras sexuales en Dominicana, es de unas 72 mil mujeres, de las cuales cerca del 60 por ciento trabajan por cuenta propia en calles, parques y playas, en tanto el otro 40 por ciento es asalariada, como parte de establecimientos de sexo comercial.

Estos incluyen bares, discotecas, burdeles, casas de citas, casas de masaje erótico, licorerías y lavaderos automatizados de autos, según una investigación del COIN realizada en 2005.

En la República Dominicana existe entre un 33 y

35 por ciento de desempleo en el sector femenino, lo que demuestra que en el país hay discriminación contra las mujeres trabajadoras.

ANCIANOS LANZAN UN S.O.S.

Uno de cada tres habitantes mayores de 60 años en República Dominicana vive en la pobreza, en tanto los otros dos reciben pensiones que apenas cubren el costo de sus medicinas.

Incluso obreros que han pagado su retiro durante décadas de trabajo, demoran en ocasiones años en recibir el pago de sus jubilaciones, si antes no sobreviene la muerte.

El departamento de Pensiones del Instituto Dominicano de Seguros Sociales, por ejemplo, guarda ocho millones de registros sin revisar, con papeles que datan desde 1948 hasta el 2007.

Sandra del Río, encargada de esa dependencia, explicó que no hay fuerza calificada para procesar las solicitudes que se siguen acumulando.

Un informe presentado por el gobierno dominicano a las Naciones Unidas da cuenta que 29 de cada 100 personas mayores de 60 años están en la pobreza. Este segmento forma ya más del ocho por ciento de la población dominicana.

Jubilaciones esfumadas

Bienvenido Cruz, presidente de la Asociación de Chóferes Pensionados, pidió al gobierno agilizar los trámites de seis mil chóferes que esperan la aprobación de su jubilación.

Por otra parte, los que llegan a recibir pensión, cifras oficiales indican que el 80 por ciento de los 147,000 pensionados en el país recibe un promedio de 4.50 dólares diarios.

En peores condiciones aún están los jubilados de los cabildos o gobiernos locales, denunció Emilio López, presidente de la Federación de Asociaciones de Trabajadores Pensionados. El retiro de estos es de menos de un dólar diario, cantidad que no compra ni un litro de leche.

López explicó que mensualmente mueren unos 85 a 115 pensionados y agregó que es triste decir que muchos mueren de hambre.

Entre los maestros la situación no es mejor. Angel Danilo Paniagua, presidente de la Asociación de Maestros Pensionados indicó que hay unos 26 mil pensionados en el sector de la docencia. Unos 10 a 12 mil maestros esperan por sus pensiones y están en situación desesperada.

En la construcción, los obreros se quejan que los jefes de obra cobran la seguridad social y no reportan los pagos hechos por los obreros.

Atención médica

A finales del pasado año se estimaba que la población mayor de 60 años era de casi 844 mil 996, de los cuales solo el 18.9 por ciento tiene seguro de salud.

Nuris Presbot de Michel, del Consejo Nacional de Personas Envejecientes (Conape), explicó que los mayores de 60 que dependen de hogares jóvenes, suman 116 mil 398.

Los que reciben asistencia de Conape suman 82 mil adultos mayores ayudados por medio de programas que distribuyen medicamentos, tratamientos, alimentos, reparación de viviendas y donaciones, gastos que sumaron en 2010 unos 10 millones de dólares.

Según Presbot de Michel, la Estrategia Nacional de Desarrollo ampliará estos beneficios pero, mientras se aplica esta estrategia, deben adoptarse medidas de emergencia.

Toda la sociedad tiene que contribuir a la protección de los ancianos, por eso Conape trabaja en mejorar la calidad de vida de los adultos mayores, dijo la funcionaria.

La directora del Consejo, Natalie María dijo haber recibido en el último año 14 mil denuncias de ancianos que la institución ayuda a resolver.

Según el periódico El Día, ante la falta de recursos y las barreras del sistema de salud, apenas el 42 por ciento de los adultos mayores acude a los centros de salud del país.

Muchos accidentes de trabajo y enfermedades relacionadas, sufridos por trabajadores eléctricos, los han dejado postrado en camas.

Según el presidente de la Asociación de Trabajadores Pensionados de la CDEEE (Corporación Distribuidora de Energía Eléctrica), estos jubilados que viven de dádivas, apelaron al presidente Leonel Fernández para que los tenga en cuenta en sus programas de ayuda a los pobres.

Otro dramático indicador es que más del 60 por ciento de los ancianos no sabe leer ni escribir, lo cual les impide realizar tareas que mejorarían su calidad de vida.

Un plan de préstamos a familias pobres en la provincia de Espaillat, por 1.3 millones de dólares, anunciado a finales de marzo, es como una gota de agua en el desierto.

Una solución a largo plazo requerirá mucho más que préstamos.

INOCENCIA TRUNCA

"¿Limpia, doña?" De noche, mi auto detenido ante un semáforo, oigo la voz de un niño de poco más de un metro de estatura, que se empina para limpiar mi parabrisas, enfrentándome a la dolorosa realidad de la mano de obra infantil en Dominicana.

Estos ángeles sin alas venden chucherías o simplemente piden limosna por las calles y sobre todo en las noches, cuando sus edades más requieren la protección del hogar.

No es difícil verlos en grupos, liderados por jóvenes y hombres que los explotan para lucrar, unidos a otros niños que buscan ayudar a sus familias, casi siempre integradas por hermanos menores y uno solo o ninguno de los dos padres.

En República Dominicana hay 2.5 millones de niños entre las edades de cinco a 17 años. De este segmento poblacional, 304 mil trabajan, muchos en riesgo de su salud y seguridad, según un estudio realizado por encargo de la Organización Internacional del Trabajo (OIT) que incluye a Centroamérica y República Dominicana.

La OIT instituyó la fecha contra el Trabajo Infantil para resaltar la triste realidad de niños que trabajan en las peores condiciones y sin tener la edad considerada de admisión a un empleo. De acuerdo con la encuesta En Hogar, con datos de 2009 y 2010, de los niños y adolescentes ocupados en la producción, que suman 210 mil, el 56 por ciento realiza actividades consideradas peligrosas.

Datos publicados aquí señalan una disminución de 437 mil niños en el 2000, a 304 mil en 2009, la cantidad de menores entre 5 y 17 años que trabajan.

Los datos de la OIT indican que en el 2000, el 18 por ciento de la población infantil laboraba, mientras ahora esta proporción bajó al 12 por ciento, en tanto en la región este porcentaje es del 10 por ciento. Los servicios y la agricultura son los sectores donde se concentra la población infantil que trabaja, expresó Dabeida Agramonte, coordinadora nacional de la OIT.

Agramonte señaló que en el país, junto a otras naciones, se adoptó una hoja de ruta para eliminar las peores formas de trabajo infantil para el 2016, en la que se señala que el trabajo infantil representa un obstáculo para los derechos del niño y el desarrollo en general. La representante de la OIT llamó a todos los sectores de la sociedad a trabajar en esta hoja de ruta, en el diseño y ejecución de políticas para erradicar la explotación infantil.

Menores homicidas

En los últimos dos meses del primer trimestre de 2012, ocho menores habían cometido cuatro crímenes horrendos en Dominicana, pero la culpa viene de mucho más atrás.

La delincuencia infantil es el lado más oscuro de la violencia en la sociedad dominicana. Reportes policiales dan cuenta que entre febrero y marzo de 2012, ocho niños y adolescentes causaron la muerte de otros tres menores y de un adulto.

En cuanto a las vías para enfrentar y revertir esa tendencia, hay diversos puntos de vista. El ex presidente de la Sociedad Dominicana de Psiquiatría, Alejandro Uribe Peguero, es del grupo de esos profesionales que piensan que desde el punto de vista de la salud mental, los menores delincuentes no se regeneran.

Más recientemente, el gremio que agrupa a psicólogos y psiquiatras presidido por José Miguel Gómez, emprendió en 2011 una acción más práctica, alertando al gobierno que la violencia social se ha convertido en "tierra de nadie" donde no existe una estrategia de toda la sociedad para atacar el mal de raíz.

La falta de políticas públicas para detener, prevenir y disminuir la cultura de la violencia social hace a la sociedad impotente, indefensa y resignada ante esta situación de agresividad y delincuencia. La Sociedad de Psiquiatría exhortó a las instituciones del Estado, a la Iglesia, la sociedad civil y los ciudadanos conscientes a buscar soluciones y aplicar políticas públicas que controlen la violencia.

Es lamentable observar, dice la SDP, cómo la población joven y adulta en edades productivas son víctimas de muertes violentas producto de factores multicausales como son: la exclusión social, el desempleo, la pobreza, el abuso de drogas, disfunción familiar crónica, frustración, desesperanza aprendida, falta de habilidades para la vida, trastorno de personalidad y la despersonalización a causa de la crisis de identidad en que viven cientos de jóvenes en nuestro país.

Los psiquiatras afirman que cualquier sociedad organizada con inversión en el bienestar social, el desarrollo y la felicidad de sus ciudadanos asume una cultura de paz, de respeto a la vida y a la seguridad ciudadana.

Todas estas problemáticas psicosociales se deben al incremento del abuso de alcohol, marihuana, cocaína y otras drogas, pero también, al fácil acceso a las armas de fuego.

Todo esto, dijeron los profesionales, unido a la crisis moral, la debilidad del aparato judicial y la falta de repuestas socioeconómicas, tecnológicas y sociales para la población en edades productivas.

Es penoso observar, dicen los psiquiatras, cómo se han incrementado las familias rotas, los divorcios, la deserción escolar, la deambulación sin propósito por las calles de las grandes ciudades y zonas rurales, exponiéndose a los maltratos físicos, emocionales, psicológicos, sexuales, pareciendo una sociedad indiferente a la población infantil y adolescente.

Camino más fácil, pero errado

El Código del Menor, aprobado en diciembre de 2011 por el Congreso Nacional, según el psiquiatra infanto-juvenil José Miguel Gómez, fue más fácil para los legisladores endurecer las penas a menores infractores que disponer recursos para instituciones como Niños con Don Bosco que trabaja en la rehabilitación de esas conductas.

El presidente de la SDP advirtió que la modificación del Código refleja la irresponsabilidad de una sociedad y de instituciones que solo enfrentan las consecuencias de los hechos, no sus causas.

El psiquiatra solicitó que el Estado se involucre en

cambiar la cultura de posesividad y del macho de hogares que en más de un 37por ciento son administrados por las mujeres.

El especialista aseguró que los indicadores de salud mental se han deteriorado en forma significativa en el país.

Gómez Montero indicó que las autoridades invierten en esta área sólo el 0.8 por ciento del presupuesto, cuando los estudios indican que debe ser al menos 3 por ciento de los recursos públicos.

"TIGUERAJE" EN LA CONDUCTA SOCIAL

El "tíguere" es el pícaro dominicano, que engaña a cualquiera, pero hace lo que sea con tal de aparentar ser un angelito caído del cielo, y que ahora se puede encontrar en todas las clases sociales.

Este personaje descrito así por el siquiatra José Dunker, autor del libro "Cultura del tigueraje en República Dominicana", suena un timbre de alarma, ya que cuando ciudadanos de una nación no obedecen leyes ni reglas, se cae en el caos y proliferan las conductas negativas.

Para el autor del libro no cabe duda que la causa está en el malestar social que se está viviendo en el país, se irrespetan las reglas, aumenta la corrupción administrativa, aumenta la violencia en las calles, la intrafamiliar, de género y los suicidios.

Este comportamiento, señala Dunker, se puede encontrar entre las Fuerzas Armadas, la Policía, los partidos y los dirigentes políticos, el comercio, el gobierno y la administración pública.

Puso el ejemplo de la campaña electoral actual (2012), en la que no hay programas de gobierno, ni ideologías. Los seguidores de un partido quieren que este gane para hacerse gente, para "guisar", hay manipulación del mensaje, favoritismo o clientelismo y el transfuguismo político.

Al principio eran choferes de taxis o "conchos" y de los minibuses o guaguas voladoras los que hacían maniobras temerarias al conducir, pero ahora todo el mundo viola la ley.

El tíguere ha influido tanto en el comportamiento de los dominicanos, que los ciudadanos decentes que siguen las reglas, se enfrentan en ocasiones a situaciones en que se ven obligados a actuar como tígueres si quieren sobrevivir en esa selva.

Dunker se refiere a un estudio en el que se informa que la República Dominicana es el país de la región donde hay mayor riesgo de sufrir accidentes de tránsito y compara con Guatemala que tiene una cifra altísima, pero es superada por Dominicana.

El doctor Dunker opina que todos estos problemas surgen de un mal sistémico y para enfrentar el caos, los males sociales requieren que se firme un gran pacto nacional que todos los ciudadanos acepten someterse a las reglas, a cumplir las leyes y hacerlas cumplir.

Es un estrés sistémico, que no es solo de una familia o individuo, sino que es la sociedad la que genera estrés, afirmó Dunker quien asistió a la conferencia de prensa ofrecida por la Sociedad Dominicana de Psiquiatría.

José Miguel Gómez, presidente de la Sociedad de Dominicana de Psiquiatría y los especialistas que lo acompañaron atribuyen esta situación a la depresión en la que se encuentra sumida la población, a la que se suma el alcoholismo, la drogadicción, el desempleo, la exclusión social, las frustraciones y rupturas pasionales entre adultos.

EDUCACIÓN Y SALUD EN DÉFICIT

En las estadísticas mundiales más recientes, la República Dominicana está en uno de los últimos lugares del orbe. Sin embargo, la economía del país ha crecido sostenidamente durante las últimas cuatro décadas.

Aunque el acceso a la educación pública, según la Constitución, es inclusivo, la calidad de la enseñanza pública está muy rezagada respecto a las escuelas privadas por la diferencia en salarios de los maestros. Otra causa que pesa mucho es la deserción escolar a edades muy tempranas porque los alumnos deben ayudar al sustento de las familias, muchas de las cuales recaen en solo uno de los padres, la madre en la mayoría de los casos.

La ministra Josefina Pimentel se refirió a la baja calidad de la enseñanza reflejada en las pruebas nacionales desde el 2000 hasta el 2010, los promedios son iguales y puso como ejemplo, el 60 por ciento registrado en las calificaciones de la asignatura de Lengua Española, reportó el Diario Libre.

Pimentel dijo que tienen como meta para el cuatrienio 2012-2016 formar 11,430 nuevos profesores, certificar a 74,938 y habilitar en la docencia a 1,600 profesionales con un presupuesto de unos 400 millones de dólares.

Isabel Benlloch, Responsable de Programas de Cooperación y Emergencias de UNICEF en España, viajó en septiembre de 2012 a Santo Domingo para conocer los proyectos que llevan a cabo junto con la Telefónica Orange.

Durante cinco días, dijo, se sumergió en un país que queda lejos del estereotipo de arena blanca, palmeras y resorts, sino todo un baño de pobreza y falta de oportunidades.

Banlloch relató: Nada más llegar a Santo Domingo, me llevaron a una de las zonas marginales de la capital, a un barrio que se llama la Barquita y que me hacía pensar en las favelas de Brasil.

La pobreza del barrio es extrema, la basura y el olor permanente en las calles. Las casas hechas de trozos de metal se apilan junto al río que, con las frecuentes tormentas, se desaborda y las inunda haciendo que las familias tengan que huir, por lo menos, durante un tiempo.

La escuela del barrio ya tiene 322 alumnos, que rondan los 7 y los 14 años, más edad de la normal para la educación primaria, y que se distribuyen en dos tandas diarias, es decir que las horas de clase de un niño al día son entre 3 y 4. ¿Quién puede alcanzar un buen nivel así?

De esos alumnos, el porcentaje de los que continuarán la educación secundaria es muy bajo, 48 por ciento para las niñas y 63 para los niños, y si hablamos de quiénes llegarán a la universidad, la cifra baja todavía más, unos 30 alumnos del total, según las profesoras. Es inevitable preguntarse ¿qué futuro les espera entonces a estos niños?

Hay mucho por hacer en este país, contrariamente a lo que uno se imagina, dijo la funcionaria de UNICEF. La clave es ayudar a los niños dominicanos a construir su futuro, y eso, sin duda alguna, empieza con una educación de calidad para todos, que es justamente lo que estamos trabajando y para lo que necesitamos la ayuda de todos.

Salud Pública, enfoques separados

Como muchos otros sectores en la República Dominicana como es el sensible caso de la energía que las empresas generadoras y las distribuidoras tienen distintos dueños e intereses, en la Salud Pública también ocurre que la administración de hospitales se rigen por el Ministerio, en tanto los seguros y proveedores de medicamentos están en manos privadas.

A la hora de enfrentar epidemias como la más reciente del cólera, autoridades comunales, ministerios y profesionales de la salud no trabajan de conjunto y sucede lo registrado en el enfrentamiento a la epidemia de cólera.

El entonces presidente del Colegio Médico Dominicano estimó a principios de 2011, en más de cinco mil los casos de cólera en el país hasta este momento y en alrededor de 30 las personas fallecidas por esa causa, por lo que aconsejó al Ministerio de Salud, al que acusó de "descuido", aplicar la ley de contingencia sanitaria.

El doctor Senén Caba validó la estimación de que la epidemia afecta a 28 de las 32 provincias del país y en el Distrito Nacional a más de 20 barrios, por lo que pidió al Ministerio de Salud sustituir sus acciones "coyunturalistas" por una estrategia como la que se aplicó el año pasado, que consistió en la profusión de mensajes educativos a través de los medios de difusión.

Entrevistado en el programa televisivo Propuesta Matinal por los periodistas Manuel Jiménez y Ángel Barriuso, Caba definió el cólera como una enfermedad temible que flagela a la humanidad de tiempo en tiempo y sobre todo a los países pobres donde una mayoría vive en tugurios, favelas, villas miseria, en cordones, "es una enfermedad de la exclusión" social, denunció Caba.

Recordó a las autoridades que en el país los niveles de pobreza, de acuerdo al PNUD y a la CEPAL andan entre el 46%, en el mejor de los casos, hasta un 49 por ciento, con una línea de pobreza absoluta cercana al 40, todo lo cual implica insalubridad, falta de educación, problemas con la nutrición y con la inmunidad del individuo.

Para atacarlo propuso montar ya las pequeñas estructuras de atención primaria constituidas por uno o dos médicos, dos o tres enfermeras y varios promotores en salud que salen a educar a diario, para responder simultáneamente cuando surja un brote en La Ciénaga capitalina y otro en Santiago.

Sus estimaciones de afectados y muertes las fundamentó en el sesgo de más de 50 por ciento que establecen las estadísticas respecto a los 3,275 casos denominados a mediados de 2011 como sospechosos, pero tipificados como cólera en Haití por la misión cubana, por ocurrir en el contexto de diarrea por cólera.

El presidente del Colegio Médico indicó en consecuencia la existencia en el país de más de cinco mil casos en este momento y de casi treinta personas fallecidas legalmente, de manera tangible, no 14 como dicen las cifras del Ministerio.

Caba rehusó el argumento de las autoridades sanitarias que ligan a las recientes lluvias con la reaparición del cólera porque en el país, salvo en los primeros meses del año, siempre hay lluvias copiosas y abundantes, por lo que atribuyó las causas a "descuido e incapacidad", por haberse dormido en sus laureles.

El presidente del colegio médico pidió al Ministerio de Salud aplicar el artículo 45 de la Ley 01 que le otorga la autoridad en condiciones de contingencia sanitaria para convocar a Medio Ambiente y a los ayuntamientos al drenaje de cañadas y al manejo de aguas servidas porque, "si no lo hace, persistirán los rebrotes como en Santiago y en Elías Piña, que antes habían sido asolados".

Dijo que las autoridades deben asumir el aforismo "cuando las barbas de tu vecino están ardiendo, pon las tuyas en remojo", lo que desoyeron cuando frente a la Ciénaga, en El Dique del río Ozama, se desató hace cinco meses un brote de cólera y no se movilizó al ayuntamiento y a todo a quien debió moverse para drenar todas esas cañadas.

"Tenemos la situación arriba, por lo que debe aplicarse nuevamente la estrategia anterior, saturar los espacios mediáticos con anuncios de contenido de higiene, hervir el agua, y si no se tiene gas, echarle cinco gotas de cloro a un galón y, si es un botellón, diez tapitas y dejarla diez minutos antes de ingerirla", recomendó.

Además aconsejó a la población lavarse las manos con jabón y agua abundante y abstenerse de consumir comida vendida en las calles por venduteros

que no tienen dónde hacer sus necesidades fisiológi-
cas y no tienen agua para lavarse luego las manos.

Religiones y religiosidad

El dominicano, en su gran mayoría, puede considerarse un pueblo creyente en Dios, pero no es practicante asiduo de los muchos credos que se profesan en este país. La Iglesia Católica compite en seguidores con el sincretismo de origen africano, como en muchos otras naciones caribeñas.

Entre las tendencias protestantes están la episcopal, bautista, adventista, metodista y Testigos de Jehová. También existe una comunidad hebrea y hasta se practica un vudú dominicano, con ciertas diferencias del haitiano.

La Conferencia Episcopal y el Cardenal Nicolás de Jesús López Rodríguez mantienen buenas relaciones con el gobierno, aunque expresan con lenguaje bastante explícito en sus pastorales y sermones, el descontento y las injusticias que se cometen contra el pueblo, predicando a favor de la vía pacífica en las protestas.

En una carta pastoral con motivo de los 500 años de la diócesis de Santo Domingo, la Conferencia del Episcopado Dominicano deploró, entre otros problemas de mal gobierno, el salario de miseria que devenga la mayoría de la población.

En el documento publicado con motivo del quinto centenario de la ciudad, censura los sueldos de miseria que recibe la mayoría de los trabajadores, mientras se permite que otros ciudadanos disfruten de sueldos de lujo. Al mismo tiempo, llama a revertir el estado de incertidumbre, la desigualdad social, la corrupción administrativa, la deficiente educación, la violencia, la pobreza y la pérdida de valores.

Los obispos se preguntan con qué autoridad el Estado propicia que se siga llenando el país de bancas y juegos de azar que explotan a los más pobres y los mantiene en la miseria.

Los prelados indicaron que no se puede construir un país libre, soberano e independiente como predicó el padre de la Patria dominicana, Juan Pablo Duarte, mientras haya atracos, exista el crimen organizado, el narcotráfico e incurran las autoridades en actos delictivos, politiquería y propicien la inseguridad ciudadana.

Refiriéndose a la inmigración, sobre todo haitiana, la carta increpa con qué derecho se mantiene a una población dominicana, que se estima en más de 20 por ciento, sin derecho a un nombre y a su propia nacionalidad.

Los obispos dicen que la sociedad necesita un cambio de mentalidad, ser más solidaria y afianzarse en valores humanos y cristianos. Los religiosos indicaron que se requiere que todos los dominicanos se preocupen para revertir el desierto de pecado e injusticia en que se ha sumergido al país.

La carta pastoral igualmente critica que se consienta que personas vivan en casas indignas, construidas en riberas de ríos y cañadas, sin programas de ayuda que permitan a los pobres construir sus propias viviendas, precisaron, además de cuestionar la insalubridad en los campos.

Las deidades más veneradas, cuyas fechas son objeto de fiestas populares, son la Virgen de la Altagracia, patrona de los dominicanos y la Virgen de las Mercedes, cuya iglesia es la más antigua de Santo Domingo después de la Catedral.

La Iglesia Católica también ha servido de mediadora en polémicas entre el gobierno y la oposición, como la ocasión a principios de 2012 cuando pidieron al prelado monseñor Agripino Núñez Collado, rector de la Pontificia Universidad Católica Madre y Maestra, intervenir en discusiones públicas sobre la composición y funcionamiento de la Junta Central Electoral.

El Vudú dominicano tiene de africano, europeo y taíno

Dentro de las prácticas mágico-religiosas, la de mayor tradición en la República Dominicana es el Vudú, que se diferencia en ciertas características del que se conoce en Haití.

Investigadores locales e internacionales han puesto el ojo en el llamado Vudú Dominicano. Como las investigaciones sobre el tema comenzaron hace relativamente poco tiempo (década de los 70), es lógico pensar que todavía se desconoce mucho sobre el tema.

Hasta hace unos años el Vudú o Vodú era tabú y no se le reconocía abiertamente, a pesar de los serios, aunque escasos, esfuerzos que se realizaban para tratar de comprender el origen y la ritualidad que se practica en la mitad dominicana de esta isla.

Se calcula que, aproximadamente, siete de cada diez dominicanos cultiva de una forma u otra la santería o fetichismo, mezclándolas con las deidades católicas. Dentro de dichas prácticas, la de mayor tradición es el Vudú.

Aunque procede del haitiano, según el investigador dominicano Israel Valenzuela, el Vudú dominicano tiene ciertas características que lo diferencian del primero. En el caso de los dominicanos, por lo regular no tienen templos y los rituales se llevan a cabo frente a altares colocados en un rincón de la casa del practicante.

No realizan sacrificios de animales, salvo raras excepciones; tampoco tienen un sacerdocio organizado y no se consideran vuduitas, sino espiritistas.

El vudú dice que cada deidad o lua tiene su santo en la religión católica. Por ejemplo Alaila es la Virgen María de la Altagracia, patrona de los dominicanos, pero al contrario de la santería, no tiene equivalentes de Santa Bárbara, San Lázaro, ni de la Virgen de las Mercedes, aunque es muy venerada en este país.

Cuando una entidad, espíritu o "misterio" del Vudú es mujer, se llama Metresa. Cuando es hombre, se llama Luá. Los términos Hungan y Mambó, explica Valenzuela, corresponden a oficiantes avanzados dentro de la religiosidad popular. Esta organización está mejor estructurada en Haití que en el territorio dominicano, donde se da en un círculo cerrado y celosamente guardado. Muchas deidades de la religiosidad taína han sido incorporadas, según Valenzuela, al Vudú que aquí se practica. Más aún: existe en el Vudú dominicano toda una División India que requiere, por su gran espiritualidad, de gente especial para invocarlos.

Una parte de la población es creyente de la brujería, práctica frecuente en los diferentes estamentos

sociales, aunque muchos buscan que pase inadver-
tida, como si no existiera y se empeñan en desvin-
cularla de su sentido fetichista.

Los sacerdotes de estas prácticas suelen darle el
nombre de otros oficios como curanderos, videntes,
leedores de tazas o cartas.

Estas creencias religiosas llegaron con los esclavos africanos que trajeron los colonizadores, cuando
los indígenas (taínos, macorices-ciguayos y caribes)
habían sido diezmados por el desgaste físico y las
enfermedades contraídas por la explotación y las
importadas por los conquistadores.

Importantes y capaces investigadores del tema
aún sostienen que el Vudú de aquí nos llega de
Haití. Los esclavos que vinieron a la isla desde el
África llegaron a la Colonia con sus culturas y sus
creencias.

Dado el carácter de su religión, las prácticas de los
esclavos africanos no eran aceptables para los conquistadores cristianos.

Con el objetivo de describir experiencias de este
tipo, un equipo del periódico digital Dominicanos
Hoy acudió a Villa Mella, barrio de Santo Domingo
y visitó a una santera, para observar e interpretar
los rituales.

A los pobres a quienes elude la suerte, hundidos
en la miseria, es a quienes se les atribuye la pasión
por los brujos, considerados seres superiores que le
pueden ayudar a resolver los problemas.

Las pasiones y aspiraciones humanas son inhe-
rentes a pobres y ricos, altos funcionarios de origen
humilde, artistas y dominicanos famosos que ven en

esta actividad la protección de sus carreras, responsables de sus logros y un ardid certero para sus conquistas, básicamente de dinero.

Lograr un amor que parecía imposible, son algunos de los motivos para visitar a la adivina; pero, sin olvidar la salud propia o de un pariente querido y qué decir cuando de perjudicar a un tercero con travesuras mágicas malignas se trata.

Si se trata de un curandero o sanador, en ocasiones se recetan brebajes que no en pocos casos han agravado el estado de los pacientes.

El equipo de Dominicanos Hoy que investigó este tema fue ungido con una pócima en las manos a quienes participaron en su consulta para, supuestamente, atraer la buena suerte.

En tiempos de incertidumbre, violencia y crisis, las consultas a los brujos se han incrementan, principalmente en San Juan de la Maguana, Barahona y Las Matas de Farfán en el llamado Sur Profundo dominicano, las regiones más pobres del país.

En el Distrito Nacional, tienen gran demanda los también conocidos como "babalawos" en los bateyes de Palavé y Bienvenido, donde sus santeros son visitados por personajes que andan en lujosos autos y yipetas.

En la historia dominicana ha sido notoria esta práctica por políticos, que según la población, solían consultarse con brujos o videntes, para sondear cómo iba su gobierno; a veces acerca de la intención de votos y con relación a sus oponentes, como fue el caso del dictador Rafael Leónidas Trujillo Molina y el ex presidente Joaquín Balaguer.

Se dice que Trujillo visitaba con frecuencia una vidente en su natal San Cristóbal que le advertía sobre conspiraciones contra su gobierno y el peligro que corría su vida, pero el 30 de mayo de 1961, sería ajusticiado por un grupo de patriotas dominicanos.

CARNAVAL:
VIDA E HISTORIA EN LAS CALLES

El carnaval dominicano comienza en febrero y se extiende hasta mayo, con caras distintas según las ciudades, pero la misma música contagiosa y vistosidad de sus disfraces, en una tradición renovada con el tiempo.

Si desde el siglo XVI hubo máscaras en la ciudad de Santo Domingo, lo cierto es que la tradición colonial creció con las gestas republicanas del 27 febrero de 1844 y del 16 agosto de 1865, al punto que casi desde entonces los carnavales se celebran en estas fechas, no importa si se encuentran fuera de la cuaresma y por lo común dentro de este período, que es de penitencia cristiana.

Con la intención que turistas y nacionales puedan disfrutar de la fiesta popular en todas las regiones del país, el calendario de este año empieza el 19 de febrero en Río San Juan y concluirá el 6 de mayo en Navarrete, provincia de Santiago de los Caballeros, dos semanas antes de las elecciones generales.

Muchos pueblos aprovecharán el feriado de Semana Santa para realizar sus fiestas el Sábado de Gloria y Domingo de Resurrección, 6 y 7 de abril, como Cabral en Barahona y Guerra en la Provincia de Santo Domingo.

Para empresas cerveceras y licoreras, además de los restaurantes, hoteles y centros nocturnos, esta época es de mayores ventas, en tanto que para los más pobres constituyen momentos para olvidar sus penurias y divertirse burlándose de los defectos de políticos corruptos y de la sociedad en general.

Los personajes

Desde los disfraces de diablos cojuelos, originados en la Europa medieval, con sus trajes de capa cubiertos de espejos, cascabeles y cencerros, que ridiculizan a los señores medievales, hasta los platanuses y otros trajes netamente africanos, se manifiesta la creatividad popular.

Roba la Gallina consiste en un personaje disfrazado (típicamente con busto y trasero abundante) que va por los bares y comercios pidiendo para sus pollitos, que no son más que los jóvenes del pueblo que le siguen en alborozada procesión.

El califé es un poeta criticón, que en versos va criticando en forma jocosa a todos los personajes de la vida política, social y cultural; es seguido por un coro y está vestido de frac y sombrero negro y camisa blanca.

Se me muere Rebeca representa a una madre desesperada que quiere llevar de comer a su hija gravemente enferma. Va gritando todo el camino, de pronto se para, enseña a la hija (en representación una muñeca), mientras un coro le va respondiendo.

Pide golosinas en los establecimientos para la hija enferma, pero realmente las reparte entre los niños, que la siguen con insistencia.

Los africanos son personajes pintados de negro, con carbón y aceite quemado de carro, y van grupos de hombres y mujeres, imitando a negros esclavos, bailando por las calles como parte del carnaval.

Otros se embadurnan de barro y se les conoce como hombres de barro, también arrollando al ritmo de la música.

Otros personajes son los indios, que incluyen a niños y adultos, imitando a los habitantes originarios de la Isla, con plumas, arcos y lanzas. La comparsa, cuyos integrantes se visten de indígenas, se llama la Comparsa de San Carlos, como un popular barrio de Santo Domingo.

La Muerte, común en muchos otros carnavales, se representa como una calavera, que acompaña tradicionalmente a los Diablos y se conoce como La muerte en Jeep.

Nicolás Den Den en Santiago de los Caballeros y Oso Nicolás en Montecristi es un oso acompañado de un domador, que va bailando y haciendo reír al público.

Los monos de Somonico, oriundos de Villa Duarte en Santo Domingo, es una comparsa disfrazada de monos con un traje de flecos.

Los pirulíes son niños disfrazados con faldas hechas con flecos de coco y son oriundos de Cabral, Barahona.

Los Alí Babá son comparsas con motivaciones orientales, con una sincronizada coreografía al ritmo de redoblantes y bombos, de una marcada influencia de los "cocolos" (grupo étnico inmigrante procedente de Antillas Mayores y las Bahamas) de San Pedro de Macorís.

Otros personajes propios de las fiestas dominicanas son las Marimantas, originarias de la provincia de Hato Mayor, que cubren sus cuerpos de ramas verdes con una máscara de cuero de vaca, cubierta la cabeza con un caparazón que le sirve de refugio al comején.

Así también el doctor, los travestis pícaros y alegres que son hombres vestidos de mujer, el Empapelao que no es lo mismo que el Papelón, que va gritando "A que no me quemas el papelón", provocando con su trasero, mientras otro personaje trata de quemárselo.

Los galleros son típicamente campesinos con gallos que los echan a lidiar en plena vía pública y en medio de la pelea, llega un policía, desbarata el juego e intenta llevárselos presos.

Por la amplia participación popular y la gratuidad de caminar las calles, no así los lugares desde donde se pueden apreciar mejor los desfiles, el carnaval es la fiesta preferida de los dominicanos de a pie.

HUMOR Y MÚSICA PARA ALEGRAR EL ALMA

Cualquier acontecimiento en la vida nacional o individual del dominicano, es generador de chistes o de una parodia musical. Es esa la mejor forma que encuentran los ciudadanos de evadir las preocupaciones y conflictos de la vida cotidiana.

En tiempos de la tecnología de la información, ahora se ha creado en Internet un museo virtual del humor dominicano, puesto en marcha, oficialmente, el día del natalicio de un humorista de gran trayectoria, Felipe Polanco "Boruga". El proyecto fue creado por el comunicador Jorge Rosario.

El sitio se puede visitar en museohumoristico.blogspot.com y entre los contenidos que el fanático del oficio puede apreciar es una galería de los ganadores de los premios al Comediante del año y al Programa de humor de Premios Soberano (antes Premios Casandra), los pioneros y mejores exponentes en esa área, así como también los más destacados y las personas que han impulsado el humor.

Entre estos, es imprescindible encabezar la lista con el humorista Freddy Beras Goico, desaparecido en 2011, de quien ha dicho un editor que el país perdió a uno de sus más importantes voceros sociales.

El presidente Leonel Fernández dijo en sus honras fúnebres en 2011, que el pueblo supo reconocer en él a un ser excepcional, dotado de cualidades profesionales y humanas invaluables. El mandatario definió a Beras como un ciudadano ejemplar cuya existencia la dedicó a revolucionar la comunicación y a emplearla como instrumento al servicio del bien común.

"El gobierno dominicano siente la pérdida de un hombre que supo jugar su rol de mediador en conflictos sociales y políticos, y que con su gran vocación de comunicador apeló con energía y entereza a la construcción de una mejor sociedad para todos sus conciudadanos", agregó el Jefe de Estado.

Luis Orlando Díaz Volquez, editor de GuasábaraEditor, de Santiago de los Caballeros, definió a Beras como ejemplo de valor, arrojo, humor y humanidad, un patriota rebelde, escarmiento de corruptos y de los enemigos de la patria.

El presidente del Partido Revolucionario Dominicano (PRD), Miguel Vargas y el ex presidente Hipólito Mejía, del mismo partido, afirmaron que con la muerte de Freddy Beras la sociedad dominicana pierde a un ciudadano ejemplar que supo siempre colocarse al lado de las mejores causas nacionales.

Entre los comediantes en activo, Julio Sabala es internacionalmente conocido por sus excepcionales imitaciones, recreando voces, imágenes y porte de los artistas más famosos, con una voz privilegiada.

Si quiere amanecer en Santo Domingo bien informado y con humor, entonces no se puede perder las caricaturas de humor político de Boquechivo, habitualmente publicadas en los diarios Hoy, Listín Diario, Diario Libre y El Caribe, por el ilustrador Harold Priego.

Jochy Santos (nacido el 6 de junio de 1954 en Santo Domingo) es un locutor, presentador y cómico

dominicano, considerado como el pionero en programas <u>radiales</u> interactivos mezclados con humor en
la República Dominicana.

Santos saltó a la fama de su país como co-presen-
tador de un programa nocturno llamado *"El Show
de la Noche"* junto al también presentador y comediante J. Eduardo Martínez a finales de los años
1980. Desde 1996 hasta 2000, se consolidó popular-
mente con su particular modo de hacer radio en el
programa *"Botando El Golpe"* y *"<u>Divertido con Jo-
chy</u>."*

<u>Merengue y bachata conquistaron el mundo</u>

Dondequiera en el mundo que se escuche el conta-
gioso ritmo del merengue, todos lo identificarán con
la República Dominicana. Pero como ha sucedido
con el tango, el son y otros ritmos, el merengue también es reclamado por otros países.

Dicen que su origen y aparición se pierde en las
brumas del pasado, que nació con carácter de melo-
día criolla tras la batalla de Talanquera, donde
triunfaron los dominicanos. Otras teorías plantean
que este se desprende de una música cubana llamada UPA, una de cuyas partes se llamaba merengue.

La UPA pasó a Puerto Rico, de donde llegó a Santo
Domingo a mediados del siglo XIX.

En 1844, el merengue todavía no era popular, pero
en 1850 se puso de moda, desplazando a la Tumba.
No se interpretaba en los salones más elegantes,
hasta que ganó la preferencia de los bailadores, al
igual que la bachata.

El cantante quizás más conocido internacionalmente es Juan Luis Guerra y su Banda de la 440,

con canciones de corte social como la que critica a las transnacionales, o la muy popular Ojalá que llueva café, sobre las necesidades del campesino dominicano.

Tan lejos como en Japón, Juan Luis Guerra escribió su Bachata en Fukuoka, laureada no solo en las selecciones de países latinos, sino ganadora de Grammy y escogida entre los temas del Tercer Clásico Mundial de Béisbol (marzo de 2013), del cual resultó campeón el equipo de República Dominicana, seguido del de Puerto Rico.

Johnny Ventura, gloria del merengue dominicano, fue reconocido como reserva musical del país por su trayectoria que ha marcado tendencias y dejado un legado al patrimonio cultural.

En un homenaje al que asistió la actual Vicepresidenta, Margarita Cedeño de Fernández, a Johnny Ventura le fue otorgada una placa como parte de la "Colección Reserva Musical" otorgado por el Banco de Reservas a los artistas dominicanos más destacados.

El administrador general de Banreservas Daniel Toribio llamó a Ventura "el caballo mayor", quien se colocó a la vanguardia de su tiempo por su ritmo electrizante en la interpretación del merengue, ritmo nacional dominicano.

Banreservas también realizó para la ocasión dos CDs con 40 de los principales éxitos del afamado merenguero, que conservan el sonido original de los temas popularizados por Ventura y su Combo Show.

Números como "Capullo y Sorullo", "El botecito" y "La muerte de Martín" se destacan en el primer CD, mientras el segundo volumen trae "Qué te pasa papo", "La agarradera" y "El pingüino" que deleitaron a los amantes del merengue.

Ventura confesó que Joseíto Mateo fue el gran artista que él quiso ser, por eso hay mucho de él en mi estilo musical. Sobre sus hijos, Jandy y Junior Ventura, aseguró que les ha transferido el respeto al género, ya que ahí está la clave de una carrera exitosa.

Otra cantautora que ha merecido el galardón de Reserva Musical, fue Sonia Silvestre, cuyas creaciones propias e interpretaciones de números del cubano Silvio Rodríguez han recorrido el mundo.

ELSY FORS

NATURALEZA

ELSY FORS

BALLENAS JOROBADAS Y SU NIDO DE AMOR

El santuario de mamíferos marinos situado en la costa norte de República Dominicana permite asomarse a los humanos al nido de amor más grande del mundo, el de las ballenas jorobadas.

La temporada de observación de estos gigantes marinos comienza a mediados de enero y cierra el 30 de marzo, en un espectáculo de saltos, soplos, silbidos y acrobacias que llenan de emoción indescriptible a quienes los avistan.

La ballena jorobada (Megaptera novaeangliae) es una especie protegida mundialmente que vive en tres regiones: el Atlántico Norte, desde donde migra hacia el sur, del Pacífico Norte viaja hacia California y México y desde el Antártico sube hacia el Pacífico Sur, buscando las aguas cálidas del trópico.

El cortejo sexual se realiza durante el invierno en una competencia de los machos por lograr una pareja. Hasta 20 machos se pueden reunir en torno a una hembra para hacer exhibiciones variadas que sirven para establecer quién domina entre ellos.

El torneo dura varias horas y el canto de estos cetáceos se supone que también participa en el cortejo o que sirve de comunicación general. Tanto el cortejo, el apareamiento y el nacimiento tienen lugar en las mismas cálidas aguas de crianza invernal.

En 1979 se reportaron los primeros avistamientos de ballenas jorobadas en la Bahía de Samaná por biólogos marinos que estudiaban la ruta migratoria de estos mamíferos.

Desde entonces, el Estado dominicano declaró 33,000 kilómetros cuadrados de sus aguas costeras norte como área protegida.

Por el interés despertado entre turistas extranjeros y nacionales, el gobierno emite un número restringido de licencias, unas 43 a operadores de embarcaciones para la observación de las ballenas, siempre que cumplan ciertas reglas.

Entre las regulaciones se establece guardar una distancia de 80 metros cuando se avista una ballena y su cría y 50 metros cuando es adulto macho. Se estipula un tiempo máximo de 30 minutos en el santuario ni pueden estar más de tres barcos a la vez que deben mantener un espacio de 200 metros entre sí.

Asimismo se ha prohibido bucear junto a las ballenas.

Esta temporada por primera vez los aficionados a seguir estos gigantes marinos, podrán hacerlo desde un observatorio terrestre, ubicado en Punta Balandra, cuya entrada se ubica en la carretera Samaná-Las Galeras, gratis durante la temporada.

Este sistema también reduce el acoso de observadores en el mar.

El Ministro de Medio Ambiente y Recursos Naturales, Jaime David Fernández Mirabal, se mostró entusiasmado con la novedad del observatorio que dará mayor privacidad a los amores de las ballenas.

Fernández Mirabal anunció que el 30 por ciento de las recaudaciones por entrada al santuario será destinado a obras comunitarias. Los servicios que se cobran son montarse en los botes, una visita a Cayo

Levantado y el almuerzo que depende del paquete turístico.

En 2010, casi 28,000 personas visitaron el santuario y generaron ingresos por más de 80 mil dólares, informó el administrador Peter Sánchez.

¿CONOS VOLCÁNICOS Y CLIMA GÉLIDO EN REPÚBLICA DOMINICANA?

Dominicanos de nacimiento y visitantes por igual desconocen en su mayoría que en esta tierra de un eterno y bastante caliente verano, hay un lugar donde existen conos volcánicos y la temperatura puede bajar a menos de cero grados.

Valle Nuevo es el único punto del Caribe con características alpinas o andinas, un sistema de altiplanos que reúne las mismas condiciones de ambiente propios de las regiones templadas del planeta, dice el Ing. Eleuterio Martínez, especialista en recursos naturales y columnista del diario Hoy, que responde a preguntas de los lectores.

Martínez se refirió a que Valle Nuevo está ubicado a 2,200 metros sobre el nivel del mar y durante la época más fría del año, las temperaturas pueden descender hasta 7 y 8 grados Celsius bajo cero.

La curiosidad científica comienza con las evidencias de glaciares que se dieron en el planeta hace 12 o 15 mil años y también aparecieron los eventos geológicos y morfo tectónicos que explican la aparición de las Antillas.

En el lecho de antiguos lagos que hoy se han borrado y son vallecitos en forma de altiplanos, se encontró sedimento de glaciares y rastros de actividad volcánica que se dio en el pasado de la Española, dice el ingeniero en recursos naturales.

Valle Nuevo, añade, ante todo es agua. Agua en forma de neblina que se condensa y se infiltra o almacena en el interior de la tierra, agua que rebrota por los cuatro puntos cardinales y llega hasta la capital dominicana, para la agricultura y la ganadería.

Agua para generar electricidad y el desarrollo, dice el especialista.

En Alto Bandera se define la sombrilla hídrica: hacia el Este parten los ríos Yuna –Colorado, Malo y Los Patos- Nizao; hacia el Sur los ríos Ocoa y Las Cuevas; hacia el Oeste el Río Guayabal y hacia el Norte, los ríos Pinar Bonito, Grande o del Medio, Pantuflas, Tireo –Blanco y Arroyón.

El naturalista llama a cuidar estos recursos que significan el desarrollo futuro.

Riesgos Naturales y Humanos

La isla donde conviven Haití y la República Dominicana está situada sobre una serie de fallas tectónicas generadora de sismos, en ocasiones tan destructivos como el de 7.3 grados que devastó a Puerto Príncipe, capital de Haití y sus alrededores en enero de 2010.

Los terremotos amenazan la Isla Hispaniola, precisa de manera contundente el geólogo Osiris de León en el diario Primicias, considerado uno de los profesionales de mejor formación y prestigio en la República Dominicana.

El profesional revela que las fallas geológicas están: 1) la cordillera septentrional, al Norte del Valle del Cibao; 2) la Hispaniola, al Sur del Valle del Cibao; 3) el límite de las placas tectónicas norteamericanas y las del Caribe, que pasan al Norte de Puerto Plata; 4) la de Camú, al Sur de Puerto Plata; 5) la de San Juan de la Maguana y 6) la falla del Lago Enriquillo, que fue la que se activó en 2010.

Por su misma situación geográfica en el Caribe, los huracanes azotan frecuentemente a ambos países, causando en pocas horas daños que duran años en restañarse, aparte de las irreparables pérdidas humanas.

A los anteriores riesgos, se añaden los efectos del cambio climático que se viene produciendo en el planeta, así como los desmanes que provocan extensos fuegos forestales, contaminación de ríos con desechos químicos y humanos y deterioro de costas y fondos marinos.

Para enfrentar estos peligros, solo en 2002, la República Dominicana aprobó la Ley No.147-02 Sobre Gestión de Riesgos basada en principios de protección a la vida humana, la producción, los bienes y su medio ambiente frente a posibles desastres o eventos peligrosos que puedan ocurrir; la prevención, con acción anticipada de reducción de la vulnerabilidad y mitigación de efectos dañinos; la coordinación y complementariedad entre instituciones del país.

Se creó el Comité de Operaciones de Emergencia (COE), formado por los Ministerios de Educación Superior, Ciencia y Tecnología, el de Medio Ambiente y Recursos Naturales, cuerpos del orden y de Salud Pública, en tanto Haití está comenzando a estructurar un sistema, con ayuda de Cuba, para enfrentar los fenómenos naturales y mitigar sus efectos dañinos.

Sin embargo, esta importante actividad necesita actuar con celeridad y recursos para mitigar los efectos dañinos, así como proteger el medio ambiente de la nación de las infracciones cometidas por firmas nacionales y extranjeras que no cumplen las normas ecológicas.

Combate al SIDA, Cólera, Dengue y otras enfermedades

Datos recientes de la Organización Panamericana de la Salud (OPS) señalan que unos 33 mil dominicanos afectados por el Virus de Inmunodeficiencia Humano (VIH) reclaman protección del Estado, ya que enfrentan falta de recursos del Fondo Global para combatir el SIDA, la Tuberculosis y la Malaria.

La mayoría de los afectados son pobres, sector más vulnerable a esas enfermedades, dijo la presidenta de la red local de enfermos de VIH/SIDA, Dulce Almonte.

Según Almonte, existe un número aún mayor que no está registrado, ya que se estima que los afectados alcanzan la cifra de 80 mil.

Solamente 23 mil son los que reciben antirretrovirales, lo que afecta la calidad de vida del resto de las víctimas, precisó Almonte.

En octubre de 2010 se detectó en Haití el inicio de lo que sería una epidemia devastadora de cólera que un mes más tarde se trasladó a República Dominicana, donde hasta mediados de 2011, habían muerto 109 personas.

Los casos sospechosos de la enfermedad ascendían el 19 de agosto de 2011, a 15,876 personas. Aun cuando se registraba por esa fecha una tendencia a la baja, el ministro Bautista Rojas dijo que el cólera se mantendrá endémico unos 10 años en este país.

Por eso el combate al cólera es asunto de vida o muerte y hay que poner el interés nacional por encima de cualquier otro, declaró Humberto Salazar, director de la Comisión para Reforma del Sector Salud (CERSS) en junio de 2011.

Salazar insistió en no llamarle brote a lo que es una epidemia y que es inminente que va a convertirse en endémica. Según el Ministro de Salud Pública, Bautista Rojas, el cólera podría permanecer en el país, aún bajo contención, unos diez años.

TRADICIONES CULINARIAS

ELSY FORS

GUARDIANA DEL PLACER DE LA SOBREMESA

Los dos oscuros, ambos estimulantes, el café y el cacao, son el alma de la buena mesa y los dominicanos se han convertido en guardianes de este placer, salpicado de azúcar.

La sed de financiamiento para comprar herbicidas y plaguicidas aplicados a las plantaciones de café, cacao y caña de azúcar, dio a los agricultores dominicanos ventajas inimaginables al hallar que medios biológicos cuidaban mejor de sus sembradíos que los químicos.

Además de haber crecido las exportaciones rápidamente en la última década, salvo las de azúcar que se han deprimido junto con los precios, las tierras de los dos primeros cultivos y las tradiciones que los rodean se han convertido en destinos del ecoturismo en Dominicana.

Se desarrollan festivales en torno a las dos semillas aromáticas, se han organizado recorridos por todo el proceso de confección, desde el campo hasta la elaboración de los cafés gourmet y chocolates artesanales, en la cúspide de la pirámide degustativa.

El oro negro y el manjar de dioses se suelen llamar estos dos productos indistintamente, ya que ambos son oscuros, estimulantes y cierran con broche brillante cualquier buena mesa.

Sin embargo, en formas más plebeyas, son apreciados por igual por los más pobres, que sin ellos, sus dietas serían mucho más endebles.

Café

Tanto el café como la planta que lo produce, el cafeto, son originarios de África.

Y se sabe que en un primer momento sus pobladores elaboraron una bebida alcohólica dejando fermentar el fruto maduro del arbusto del cafeto. Pero fueron los árabes los primeros en extraer los granos del café, tostarlos, molerlos y mezclarlos con agua caliente. En Europa se introduce en el siglo XVI por mercaderes venecianos.

En República Dominicana, el mejor café se produce en las provincias de Barahona, Ocoa, Peravia y Azua, ya que las plantaciones de granos de alta calidad requieren una altitud de 1200 a 1500 metros sobre el nivel del mar. Además, necesitan buen ambiente, lluvias y cuidados laborales. Por otra parte, el café y el cacao son excelentes para la forestación. En torno al Día Nacional del Café que en Dominicana se celebra el 15 de abril, se celebran competencias de distintas variedades de café y de catadores de la aromática bebida.

Fausto Burgos Mejía, presidente de Codocafé, firma exportadora del grano dominicano, adelantó que en 2011 se espera que las exportaciones sobrepasen los 20 millones de dólares. Consideró que la caficultura dominicana se encuentra en buen momento, debido al incremento de los precios internacionales.

Cacao

Primero fue la vaina, que se utilizó para la confección de una bebida en la época de las civilizaciones precolombinas como los mayas y los aztecas.

El chocolate parte entonces a conquistar Europa cuando en 1528 Hernán Cortés vuelve a España con un cargamento de cacao, acompañado de recetas y utensilios para su preparación.

El nuevo brebaje resultó fascinante. Se le consideró como medicamento, reconstituyente y hasta bebida de amor, atribuyéndole propiedades afrodisíacas.

Pero su expansión como conocemos hoy el chocolate, ocurrió apenas en el siglo XIX, cuando del chocolate líquido se pasó al sólido.

En Francia y más tarde en Suiza, se empiezan a montar fábricas. En 1875, el laboratorio de Henri Nestlé se encontraba contiguo a una pequeña chocolatería y de su relación nace la idea de añadir leche al chocolate.

En Dominicana, se anunció recientemente la creación de un centro de germoplasma para mejorar la calidad de su cacao, considerado ya de alta calidad.

El Día Nacional del Cacao, primero de octubre, marca aquí el final del año cacaotero. Ese día el ministro de Agricultura, Salvador Jiménez anunció que las exportaciones de la demandada nuez alcanzarían este año 54 mil 691 toneladas con un valor de 190 millones de dólares, comparado con 44 millones de dólares en la cosecha de 2004-2005.

El 17 por ciento de la tierra dedicada al cacao es de cultivo orgánico, lo que valoriza la cosecha. Sin embargo, los ingresos del cacao orgánico significaron el 31.5 por ciento del valor de las ventas totales de la nuez.

El año pasado el país exportó 8,000 toneladas métricas de cacao orgánico por US$60 millones. La provincia Duarte es la zona del mundo donde se produce más cacao orgánico, a la vez que pone al país en primer productor y exportador de este rubro.

BANANO,
PRINCIPIO Y FIN DE LA COCINA CRIOLLA

Los visitantes a la República Dominicana llegan a la conclusión que toda comida en este país empieza o termina con el banano fruta o guineo.

El mangú, hecho con plátano verde y carne de puerco, para solo hablar del plato emblemático de la cocina dominicana, es lo que los cubanos llamarían "fufú de plátano".

Es componente indispensable de decenas de combinaciones en las mesas de familia, desde las más humildes hasta las más acaudaladas.

Pero el gusto por el banano dominicano no se detiene en las fronteras del país. En Estados Unidos y Europa ha ganado crecientes espacios, tanto el banano orgánico como el convencional producidos en territorio dominicano.

Junto al cacao, el banano o guineo es el buque insignia del país, ya que República Dominicana se ha convertido en el mayor exportador mundial de ambos productos.

Nutritivo, no engorda y se digiere fácil, el banano genera 25 mil empleos directos. Dos mil agricultores se dedican a producir banano para la exportación y aunque los expertos piensan que todavía son altos sus costos de producción, está entre los cultivos más dinámicos de la agricultura dominicana.

Solo hacia el mercado europeo se exportaron este año 325 mil toneladas de la fruta, contra 290 mil el pasado año, lo que ha generado ingresos por 187 millones de dólares.

Para su maduración se utiliza actualmente un proceso de frío y calor, reduciendo al mínimo la práctica de maduración con carburo.

Canciones, poemas y cuentos se han dedicado a resaltar las bondades del banano, que muchos consideran fruta del paraíso, quizás por eso un libro de cuentos editado aquí recientemente se titule Adán y Eva comían mangú (plato tradicional a base de banano).

Una de estas frutas contiene más o menos 23 por ciento de hidratos de carbono, 0,2 por ciento de grasas y su índice de colesterol es nulo.

De todas las frutas conocidas, algunos estudios sostienen que el banano contiene la mayor cantidad de proteínas.

Después están los azúcares, un guineo maduro da energía y es aconsejado para los que practican deportes de resistencia. Contiene además magnesio, selenio, hierro y todo tipo de vitaminas.

El alto índice de hierro por el consumo de banano puede estimular la producción de hemoglobina en la sangre y así ayudar en casos de anemia.

Esta fruta tropical también es muy rica en potasio, pero muy pobre en sal, lo que la hace un arma perfecta para luchar contra la hipertensión.

El gobierno anunció que se prevé invertir unos 204 millones de dólares en proyectos de desarrollo de la producción in-vitro y la transferencia de tecnología de punta para hacer competitivos a miles de pequeños y medianos productores de banano del país.

MEZCLA DE INGLÉS CON DOMINICANO, CULTURA "COCOLA"

Los ingleses piensan que no tienen tradición culinaria, pero la inmigración de islas británicas en el Caribe, que llegó a República Dominicana a finales del siglo XIX, fundió sus gustos y manera de hacer con la criolla para crear toda una cultura "cocola."

Los inmigrantes de las islas de habla inglesa como las Islas de Sotavento, Vírgenes, San Cristóbal y Nevis, Anguila y Antigua salieron de sus tierras de origen por una caída de precios de sus producciones, la congelación salarial y un posterior éxodo de la mano de obra.

Estos negros de habla inglesa fueron a menudo víctimas de racismo en República Dominicana, pero muchos permanecieron en el país, encontrando trabajo como estibadores, en las construcciones de ferrocarriles y en las refinerías de azúcar.-

Bautizados como "cocolos" por los dominicanos, se asentaron principalmente en provincias como San Pedro de Macorís y mantienen hasta hoy viva esa tradición culinaria, basada sobre todo en las harinas de trigo, maíz, el pescado y el coco.

El pescado con papas fritas (fish and chips) emblemático de la cocina inglesa se sofisticó y aparecieron platillos como funchi (plátano) con pescado, domplin –viene del dumpling o empanada inglesa- con bacalao, coconete, yaniqueque asado y frito (empanada con o sin relleno), pan cocolo y licor guavaberry, presentados en el Primer Festival Cocolo concluido recientemente.

De la comida cocola resalta su variedad de sabores y aromas y se dice que el yaniqueque se hizo tan popular que muchos lo tienen como tradicional de la cocina dominicana.

Para hacer licor de guavaberry se utilizan frutos de arrayán, un árbol que madura en otoño y por eso se asocia esta bebida a la Navidad.

El fruto se mezcla con ron, frutas deshidratadas, especias como la canela, el jengibre y la vainilla, dependiendo de dónde provenga el cocolo o descendiente de las islas británicas.

INFLUENCIA AFRICANA Y ESPAÑOLA

La **gastronomía dominicana** es un reflejo de las influencias españolas y africanas que han incidido en la formación social y cultural del país. Hay mucha variedad de platos y presentaciones.

El sancocho

Es quizás el plato más popular y representativo de la cocina dominicana. Este delicioso guiso se prepara para las grandes ocasiones. El sancocho tradicional normalmente se hace con carne de res. A simple vista parece un "cocido español" pero sus ingredientes - yuca, patata, ñame, yautía o malanga, plátano, cilantro, entre otros ingredientes, lo hacen muy exquisito y especial.

La Bandera

Este plato no falta en ninguna mesa dominicana. La bandera dominicana está compuesta simplemente por arroz blanco, carne y habichuela (frijoles colorados).

El Moro

Es una mezcla de habichuelas (frijoles), arroz y carne guisada. También el Moro en muchos casos y sitios de la República Dominicana se acompaña con bacalao.

El Moro de Gandules con Coco

Este moro lleva el inconfundible sabor de la leche de coco y gandules: legumbres similares al guisante.

El Locrio
Es un clásico de la cocina criolla dominicana. Es lo más parecido a la paella española. Este delicioso arroz se puede combinar con camarones, gambas, arenque, sardinas y bacalao.

El Asopao
El Asopao es una exquisita sopa de arroz, pollo, tomate y con un toque de cilantro. Hay muchas variedades e incluso algunos asopaos "DeLuxe" como el asopao de mariscos. Es uno de los mejores reconstituyentes después de una larga noche de fiesta y baile.

DEPORTES

ELSY FORS

BÉISBOL, PASIÓN NACIONAL

Los niños dominicanos, casi con sus primeros pasos, empiezan a jugar a la pelota, el deporte que es pasión nacional. Más aún, si la familia es de escasos ingresos, empiezan a inculcar en sus hijos el sueño de convertirse en jugador de un equipo de Grandes Ligas de Estados Unidos, como vía para salir de la pobreza.

Es una ilusión que a veces se hace realidad, porque muchas remesas enviadas por familiares y amigos de la comunidad dominicana en Estados Unidos, compuesta por más de 1.4 millones de personas, proceden de jugadores de béisbol contratados en ese país.

Esa carrera, junto a las de músico o político, son las más redituables. Sin embargo, toda moneda tiene dos caras, una si la acompaña el talento y la suerte, felicidades, pero la más frecuente lleva a la droga, el alcohol, la delincuencia y la corrupción.

Los pocos que realizan su sueño, empiezan en escuelas de base de béisbol, cuyos maestros van escogiendo a los que ven con mayores condiciones para formar equipos infantiles, juveniles y nacionales.

Las selecciones empiezan a buscar patrocinadores entre empresas y fundaciones, aunque en muchas ocasiones no pueden acudir a torneos regionales porque los dirigentes de sus equipos carecen de los fondos necesarios.

El Ministerio del Deporte y el Comité Olímpico

Dominicano son los organismos con presupuestos para apoyar el desarrollo deportivo dominicano, pero sus recursos son insuficientes y por eso precisan acudir al sector privado.

La Liga Profesional de la República Dominicana (Lidom) consiste en seis equipos de béisbol que representan diferentes ciudades del país y juegan en otoño-invierno, porque son los meses de descanso de los equipos de Ligas Mayores de Béisbol (LMB) en Estados Unidos, aunque en no pocas ocasiones, los directores de los equipos estadounidenses alegan que los contratos firmados por los jugadores no permiten a los atletas dominicanos jugar en casa.

Los contratos con deportistas seleccionados por equipos de la LMB cuentan con la supervisión y asesoramiento oficial del gobierno dominicano.

El equipo campeón de esa serie de invierno en República Dominica es el que representa al país en la Serie del Caribe. Cada equipo tiene que cumplir con un calendario de 50 juegos que comienza a finales de octubre y se extiende hasta finales de diciembre. Los cuatro que clasifican van a una ronda de 18 juegos de "todos contra todos" en las tres primeras semanas de enero; luego los dos equipos que clasifiquen tendrán que ganar cinco de nueve partidos por el *título nacional*.

El primer torneo profesional dominicano se jugó en 1890 con dos equipos profesionales: "Ozama" y "Nuevo Club". El equipo de Licey fue fundado en 1907, dominando el béisbol profesional sin rival hasta 1921. El deporte se volvió competitivo a partir de la década de 1920 cuando los juegos de béisbol comenzaron a ser realizados contra equipos de países vecinos.

En la actualidad, la liga superior tiene a los Tigres del Licey, las Águilas Cibaeñas, los Leones del Escogido, que en la Serie del Caribe de 2013 cayeron frente a los Yaquis de Obregón de México. También están los equipos Estrellas Orientales, los Toros del Este y los Gigantes del Cibao.

Los nuevos héroes del béisbol dominicano son los del Tercer Clásico, bajo la magistral dirección de Tony Peña que desde que salió de Santo Domingo afirmó que iban por el título. Los nombres de Robinson Canó, José Reyes, Edwin Encarnación, Miguel Tejada, Hanley Ramírez y otros escalaron el podio de este deporte y en realidad no se lo debieron al "plátano mágico" que consideraban su talismán de la suerte.

Los que apostaron por la selección de Estados Unidos y el propio equipo, no tuvieron en cuenta la inspiración desatada por los peloteros de República Dominicana y Puerto Rico, error reiterado de yanquis y europeos sobre el poder latino.

Albert Pujols, propuesto en 2011 como uno de los deportistas latinoamericanos más sobresalientes en la encuesta anual de la Agencia Informativa Prensa Latina, está algo apagado en la presente temporada, nada como sus mejores campañas con el equipo de los Cardenales de St. Louis.

La cara fea del profesionalismo

El propio Albert Pujols, cuya fama y prestigio creció con los Cardenales de St. Louis, ahora está lesionado en el Ananheim de California.

Otro dominicano destacado de los Cardenales, Rafael Furcal, ha sentido más dolor en el codo derecho, lo que lo ha obligado a suspender sus actividades por tiempo indefinido, dejando al equipo en la incertidumbre a punto de arrancar la temporada 2013.

Varios casos de jugadores sancionados por doping, como Manny Ramírez, otro por maltrato físico a su esposa y conductas antideportivas en el terreno han marcado el fin de sus carreras para otros atletas.

El campocorto de los Padres de San Diego, Everth Cabrera es uno de los cinco jugadores cuyos nombres aparecen en los archivos de una clínica de Florida que está bajo investigación de la LMB (MLB en inglés) por presuntas prácticas de dopaje, reportó el canal de deportes ESPN.

El reporte informaba que el nicaragüense Cabrera, quien lideró la Liga Nacional en bases robadas la temporada pasada, estaba mencionado junto con los dominicanos Faustino de los Santos, relevista de los Padres; Jordan Norberto, relevista de Oakland; Fernando Martínez, jardinero de Houston, y César Puello, prospecto de los Mets de Nueva York.

La clínica Biogénesis of America, administrada por Anthony Bosch en Coral Gables, presuntamente suministró sustancias anabolizantes a varios jugadores.

Después de perder su forma deportiva, si los jugadores no ahorraron para la vejez y las enfermedades o abrieron su propio negocio, quedan desamparados, quizás a la deriva del narcotráfico o el alcohol.

Un secreto bien guardado: contribución cubana al medallero dominicano

Casi siempre anónima, la contribución cubana al medallero deportivo dominicano es significativa tanto en Juegos Centroamericanos y del Caribe, Panamericanos y Olimpiadas.

Cuarenta y ocho cooperantes cubanos apoyaban en 2012 el desarrollo masivo y descubrimiento de talentos en la base, hasta el deporte de alto rendimiento en las disciplinas de voleibol, baloncesto, atletismo, boxeo, judo, taekwondo, lucha, natación, nado sincronizado, ajedrez, tenis de mesa, remo, esgrima, arco y flecha, tiro y equitación, en tanto se han solicitado más técnicos para el balonmano y la educación física.

Luis Alberto Pérez Olivares, representante de la empresa Cubadeportes en Dominicana, trajo consigo toda la experiencia adquirida al frente del deporte en la provincia central cubana de Ciego de Avila, destacada a nivel nacional en varias disciplinas.

La colaboración con el Ministerio del Deporte local es excelente, informa Pérez Olivares y adelantó que se proyecta la construcción de una clínica internacional en medicina del deporte.

Esa clínica será asesorada por profesionales cubanos en la especialidad, porque las federaciones dominicanas dicen estar convencidas que los técnicos cubanos son los mejores.

Tan es así que esta periodista pudo constatar que en un tope amistoso, el equipo infantil femenino dominicano de voleibol, entrenado por Ariel Saínz Rodríguez, venció a la selección nacional de ese país que, por otra parte, le ha ganado al equipo Cuba en lides internacionales.

Saínz desde 2009 es director técnico de la selección infantil (jugadoras de hasta 14 años). Ya en el año 2011 en Tijuana, México, su equipo logró vencer en cuatro sets al de Estados Unidos, líder indiscutido de los juegos Norte-Centro- Caribe (Norceca).

Arturo Valdés, entrenador de natación que en solo dos años al frente del equipo dominicano, refirió que sus pupilos ganaron 32 medallas, en los Centroamericanos de Mayagüez, Puerto Rico, con los mejores resultados de este país en los últimos 20 años.

En sus 24 años al frente del equipo nacional cubano, Valdés fue preparador de glorias de la natación en Cuba como Rodolfo Falcón y Neisser Bent. En las olimpiadas y otras competencias internacionales, los cubanos obtuvieron 9 medallas, seis de oro, 1 de plata y 2 de bronce.

Luego de esta entrevista, realizada a mediados de 2012, el técnico cubano tenía por delante el torneo Inter-Islas del Caribe celebrado en Aruba, el mundial en piscina corta y en 2013, tenían en agenda los Juegos Centroamericanos y del Caribe.

Una cooperación que crece y contribuye a la formación de una nueva potencia deportiva en el Caribe, aunque permanezca fuera de cámaras y micrófonos.

CURIOSIDADES

ELSY FORS

DE LA CUNA AL PINCEL

Jonathan David Méndez, dominicano de solo tres años, entró en la vida pública con su primera exposición de pintura en el Museo Infantil Trampolín, en la zona colonial de Santo Domingo.

El hecho que, según el diario El Día, ha dejado a muchos sin palabras es el talento innato de un niño de tan solo tres años de edad.

Para el crítico de arte Fernando Ureña Rib, Jonathan David es el "pequeño Mozart del arte contemporáneo" por su sorprendente ingenio y creatividad.

La exposición clausurada el sábado constó de 30 obras con diversos contrastes de colores, donde predominan los fondos blancos con pinceladas de rojo, azul, verde y amarillo en unas y profundos grises en otras.

A tan corta edad, el niño pintor se ha ganado el respeto y la distinción de sus admiradores porque, además de pintar, es capaz de reconocer las obras de 90 pintores del arte universal, mencionando por sus nombres a los artistas.

Jonathan David Méndez nació en Santo Domingo, el 20 de junio de 2007. Es hijo de Pedro Pablo Méndez y Yanet Pérez.

CARROS LOCOS Y VOLADORAS CIRCULAN EN SANTO DOMINGO

Lo que aterroriza del tráfico urbano en República Dominicana no es la cantidad de autos, ni siquiera la velocidad a la que manejan los conductores, sino el irrespeto total por las leyes del tránsito.

En esa ley de la selva sale adelante el más fuerte o el más osado. Cualquier código del tránsito impide cruzar líneas continuas, cambiar de senda en túneles, más aún sin aviso previo, es decir, sin poner luces intermitentes, pero no es así en la bella Quisqueya.

Los semáforos son objetos decorativos, sólo respetados en grandes avenidas o cuando hay policías de tránsito dirigiendo el flujo, que son burlados al menor pestañazo del agente.

En algunos países de Europa se deja una franja al centro de las avenidas para dar paso a ambulancias, carros de bomberos o de policías, pero en Santo Domingo se usa la senda contraria a voluntad, para adelantar a los demás cuando el chofer está apurado.

Los tapones o embotellamientos ocurren casi siempre en horas pico, pero igual se producen a cualquier hora cuando en una calle de una sola vía hay autos que conducen en sentido contrario o se estacionan los vehículos a ambos lados de la calle.

Una categoría aparte la ocupan los mártires y homicidas de la vía, los motociclistas, que lo mismo sufren que generan accidentes. Ellos están convencidos que sus motores caben por el ojo de una aguja y las calles tienen el sentido en el que ellos se dirigen.

Los "carros locos" o taxis muestran con orgullo las cicatrices de múltiples batallas, pueden o no tener luces y por recoger a un pasajero atraviesan de izquierda a derecha una calle, sin mirar nunca si viene alguien detrás. Hacen señas encriptadas, solo descifradas por chóferes y pasajeros en complicidad con los autos de alquiler.

Por último, los minibuses llamados "voladoras" hacen todo lo que un taxi, pero a mayor velocidad y rodeada la carrocería de tubos de protección para que el perjudicado siempre sea el otro.

Los ómnibus articulados van con más mesura, pero igual desplazan con su tamaño al que entorpezca su maniobra. Las desavenencias son frecuentes y en Santiago de los Caballeros el 21 de diciembre, un chofer mató a otro porque rozaron sus carros.

Desde mediados de diciembre se empezó a notar el aumento de agentes del tránsito en las calles, en un intento por evitar accidentes.

Un estudio reciente, elaborado por Adrián Puello, afirma que más del 60 por ciento de los accidentes del tránsito no son registrados por la policía ni por la Superintendencia de Riesgos Laborales (Sisalril). La mayoría de las muertes y los lesionados involucra a hombres de entre 15 y 49 años de edad. El grueso de los accidentados incluye a conductores de motocicletas.

A pesar de indicaciones en contra, es muy común ver a los chóferes usando teléfonos celulares, sobre todo los motociclistas.

En Dominicana se registra un promedio de 24 muertes por accidentes de tránsito por cada 100 mil habitantes, razón por la que se convierte en la segunda causa de lesiones mortales en el país, siete muertes por encima de la norma mundial, de acuerdo con la Organización Mundial de la Salud (OMS). Médicos, paramédicos y personal administrativo de la AMET, como también sus patrulleros, grúas y ambulancias, serán distribuidos en todo el país para prestar auxilio en caso de necesidad. Por otra parte, a los vehículos pesados les estará prohibido circular a partir del día 23 y hasta el primero de enero, según lo estipulan las regulaciones por el fin de año.

También se liberó desde el 21 de diciembre la venta de bebidas alcohólicas, lo que solo empeorará la situación, porque bajo los efectos espirituosos, hasta los más hábiles chóferes perderán el control.

UNA COTORRA ACUSA

Los agentes que investigaron el asesinato de una señora de 60 años de edad en el barrio Los Reyes cerca de Santiago de los Caballeros, nunca imaginaron que tendrían la cooperación de la cotorra de la fallecida.

Los familiares y vecinos informaron que el loro menciona nombres de varias personas y se convirtió en centro de atención de las investigaciones del crimen de Carmen Altagracia Castillo García.

La Policía confirmó que investigaba a varias personas, pero negó que el loro haya revelado nombres de posibles victimarios y dijo que encontró al animal en la marquesina de la casa.

Los agentes dijeron asimismo que a su llegada, el animal se posó encima del cadáver y estaba ensangrentado.

De los tres o cuatro nombres que repitió el loro, había dos que fueron investigados por la Policía, dijo Leonel Antonio Castillo Núñez, quien se identificó como hermano de la víctima.

Uno de los detenidos por sospechoso mencionó tres nombres que coinciden con los que vociferaba el loro, afirmó Castillo Núñez.

De cualquier manera, las autoridades dijeron que la investigación se dificulta porque eran muchas las personas que entraban y salían de la vivienda, donde fue hallada la víctima con varias puñaladas que le causaron la muerte.

Asimismo descubrieron un cuchillo ensangrentado que pudiera ser el arma asesina y restos de materia vegetal que se presume es marihuana, así como colillas de cigarros de esa misma hierba que solía vender la occisa, según declararon algunos vecinos.

Lo cierto de la curiosa historia es que mientras los investigadores trataban que la cotorra diera más detalles, los posibles culpables buscaban apoderarse del loro, pero para callarla definitivamente.

ELSY FORS

Editorial Letra Viva©

2013

251 Valencia Avenue, #253
Coral Gables, FL 33114